考試分數大躍進
累積實力
百萬考生見證
模考權威

根據日本國際交流基金考試相關概要

言語知識・讀解・聽解
(單字・文法・閱讀・聽力)

新制日檢！絶對合格

全真模考三回＋詳解

吉松由美・田中陽子・西村惠子・山田社日檢題庫小組＊合著

山田社

配合最新出題趨勢，模考內容全面換新！

百萬考生見證，權威題庫，就是這麼威！
出題的日本老師通通在日本，
持續追蹤日檢出題內容，重新分析出題重點，精準摸清試題方向！
讓您輕鬆取得加薪證照！

您是否做完模考後，都是感覺良好，但最後分數總是沒有想像的好呢？做模擬試題的關鍵，不是在於您做了多少回，而是，您是不是能把每一回都「做懂，做透，做爛」！

一本好的模擬試題，就是能讓您得到考試的節奏感，練出考試的好手感，並擁有一套自己的解題思路和技巧，對於千變萬化的題型，都能心中有數！

新日檢萬變，高分不變：

為掌握最新出題趨勢，本書的出題日本老師，通通在日本長年持續追蹤新日檢出題內容，徹底分析了歷年的新舊日檢考題，完美地剖析新日檢的出題心理。發現，日檢考題有逐漸變難的傾向，所以我們將新日檢模擬試題內容全面換新，製作了擬真度 100％ 的模擬試題。讓考生迅速熟悉考試內容，完全掌握必考重點，贏得高分！

摸透出題法則，搶分關鍵：

摸透出題法則的模擬考題，才是搶分關鍵，例如：「日語漢字的發音難點、把老外考得七葷八素的漢字筆畫，都是熱門考點；如何根據句意確定詞，根據詞意確定字；如何正確把握詞義，如近義詞的區別，多義詞的辨識；能否辨別句間邏輯關係，相互呼應的關係；如何掌握固定搭配、約定成俗的慣用型，就能加快答題速度，提高準確度；閱讀部分，品質和速度同時決定了最終的得分，如何在大腦裡建立好文章的框架」。只有徹底解析出題心理，合格證書才能輕鬆到手！

決勝日檢，全科備戰：

新日檢的成績，只要一科沒有到達低標，就無法拿到合格證書！而「聽解」測驗，經常為取得證書的絆腳石。

本書不僅擁有大量的模擬聽解試題，更依照 JLPT 官方公佈的正式考試規格，請專業日籍老師錄製符合程度的標準東京腔光碟。透過模擬考的練習，把本書「聽懂，聽透，聽爛」，來鍛鍊出「日語敏鋭耳」！讓您題目一聽完，就知道答案了。

掌握考試的節奏感，輕鬆取得加薪證照：

為了讓您有真實的應考體驗，本書收錄「超擬真模擬試題」，完全複製了整個新日檢的考試配分及題型。請您一口氣做完一回，不要做一半就做別的事。考試時要如臨考場：「審題要仔細，題意要弄清，遇到攔路虎，不妨繞道行；細中求速度，快中不忘穩；不要急著交頭卷，檢查要認真。」

這樣能夠體會真實考試中可能遇到的心理和生理問題，並調整好生物鐘，使自已的興奮點和考試時間同步，培養出良好的答題節奏感，從而更好的面對考試，輕鬆取得加薪證照。

找出一套解題思路和技巧，贏得高分：

為了幫您贏得高分，本書分析並深度研究了舊制及新制的日檢考題，不管日檢考試變得多刁鑽，掌握了原理原則，就掌握了一切！

確實做完本書，然後認真分析，拾漏補缺，記錄難點，來回修改，將重點的內容重點複習，也就是做懂，做透，做爛。這樣，您必定對解題思路和技巧都能爛熟於心。而且，把真題的題型做透，其實考題就那幾種，掌握了就一切搞定了。

相信自己，絕對合格：

有了良好的準備，最後，就剩下考試當天的心理調整了。不只要相信自己的實力，更要相信自己的運氣，心裡默唸「這個難度我一定沒問題」，您就「絕對合格」啦！

目錄もくじ

一、什麼是新日本語能力試驗呢

1. 新制「日語能力測驗」

從2010年起，將實施新制「日語能力測驗」（以下簡稱為新制測驗）。

1－1 實施對象與目的

新制測驗與現行的日語能力測驗（以下簡稱為舊制測驗）相同，原則上，實施對象為非以日語作為母語者。其目的在於，為廣泛階層的學習與使用日語者舉行測驗，以及認證其日語能力。

1－2 改制的重點

此次改制的重點有以下四項：

1 測驗解決各種問題所需的語言溝通能力

新制測驗重視的是結合日語的相關知識，以及實際活用的日語能力。因此，擬針對以下兩項舉行測驗：一是文字、語彙、文法這三項語言知識；二是活用這些語言知識解決各種溝通問題的能力。

2 由四個級數增為五個級數

新制測驗由舊制測驗的四個級數（1級、2級、3級、4級），增加為五個級數（N1、N2、N3、N4、N5）。新制測驗與舊制測驗的級數對照，如下所示。最大的不同是在舊制測驗的2級與3級之間，新增了N3級數。

N1	難易度比舊制測驗的1級稍難。合格基準與舊制測驗幾乎相同。
N2	難易度與舊制測驗的2級幾乎相同。
N3	難易度介於舊制測驗的2級與3級之間。（新增）
N4	難易度與舊制測驗的3級幾乎相同。
N5	難易度與舊制測驗的4級幾乎相同。

「N」代表「Nihongo（日語）」以及「New（新的）」。

3 施行「得分等化」

由於在不同時期實施的測驗，其試題均不相同，無論如何慎重出題，每次測驗的難易度總會有或多或少的差異。因此在新制測驗中，導入「等化」的計分方式後，便能將不同時期的測驗分數，於共同量尺上相互比較。因此，無論是在什麼時候接受測驗，只要是相同級數的測驗，其得分均可予以比較。目前全球幾種主要的語言測驗，均廣泛採用這種「得分等化」的計分方式。

4 提供「日語能力測驗Can-do List」（暫稱）作參考

為了瞭解通過各級數測驗者的實際日語能力，新制測驗經過調查後，提供「日語能力測驗Can-do List」（暫稱）。本表列載通過測驗認證者的實際日語能力範例。希望通過測驗認證者本人以及其他人，皆可藉由本表更加具體明瞭測驗成績代表的意義。

1－3 所謂「解決各種問題所需的語言溝通能力」

我們在生活中會面對各式各樣的「問題」。例如，「看著地圖前往目的地」或是「讀著說明書使用電器用品」等等。種種問題有時需要語言的協助，有時候不需要。

為了順利完成需要語言協助的問題，我們必須具備「語言知識」，例如文字、發音、語彙的相關知識、組合語詞成為文章段落的文法知識、判斷串連文句的順序以便清楚說明的知識等等。此外，亦必須能配合當前的問題，擁有實際運用自己所具備的語言知識的能力。

舉個例子，我們來想一想關於「聽了氣象預報以後，得知東京明天的天氣」這個課題。想要「知道東京明天的天氣」，必須具備以下的知識：「晴れ（晴天）、くもり（陰天）、雨（雨天）」等代表天氣的語彙；「東京は明日は晴れでしょう（東京明日應是晴天）」的文句結構；還有，也要知道氣象預報的播報順序等。除此以外，尚須能從播報的各地氣象中，分辨出哪一則是東京的天氣。

如上所述的「運用包含文字、語彙、文法的語言知識做語言溝通，進而具備解決各種問題所需的語言溝通能力」，在新制測驗中稱為「解決各種問

題所需的語言溝通能力」。

新制測驗將「解決各種問題所需的語言溝通能力」分成以下「語言知識」、「讀解」、「聽解」等三個項目做測驗。

語言知識	各種問題所需之日語的文字、語彙、文法的相關知識。
讀　解	運用語言知識以理解文字內容，具備解決各種問題所需的能力。
聽　解	運用語言知識以理解口語內容，具備解決各種問題所需的能力。

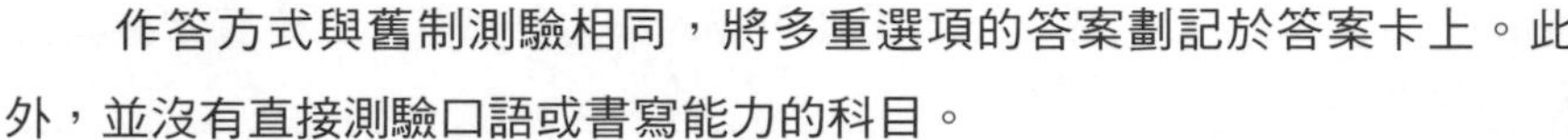

作答方式與舊制測驗相同，將多重選項的答案劃記於答案卡上。此外，並沒有直接測驗口語或書寫能力的科目。

2. 認證基準

新制測驗共分為N1、N2、N3、N4、N5五個級數。最容易的級數為N5，最困難的級數為N1。

與舊制測驗最大的不同，在於由四個級數增加為五個級數。以往有許多通過3級認證者常抱怨「遲遲無法取得2級認證」。為因應這種情況，於舊制測驗的2級與3級之間，新增了N3級數。

新制測驗級數的認證基準，如表1的「讀」與「聽」的語言動作所示。該表雖未明載，但應試者也必須具備為表現各語言動作所需的語言知識。

N4與N5主要是測驗應試者在教室習得的基礎日語的理解程度；N1與N2是測驗應試者於現實生活的廣泛情境下，對日語理解程度；至於新增的N3，則是介於N1與N2，以及N4與N5之間的「過渡」級數。關於各級數的「讀」與「聽」的具體題材（內容），請參照表1。

Q&A

Q：新制日檢級數前的「N」是指什麼？

A：「N」指的是「New（新的）」跟「Nihongo（日語）」兩層意思。

Q&A

Q：以前是4個級數，現在呢？

A：新制日檢改分為N1-N5。N3是新增的，程度介於舊制的2、3級之間。過去有許多考生反應，舊制2、3級層度落差太大，所以在這兩個級數之間，多設了一個N3的級數，您就想成是，準2級就行啦！

■ 表1 新「日語能力測驗」認證基準

	級數	認證基準 各級數的認證基準，如以下【讀】與【聽】的語言動作所示。各級數亦必須具備為表現各語言動作所需的語言知識。
↑ 困難＊	N1	能理解在廣泛情境下所使用的日語 【讀】・可閱讀話題廣泛的報紙社論與評論等論述性較複雜及較抽象的文章，且能理解其文章結構與內容。 ・可閱讀各種話題內容較具深度的讀物，且能理解其脈絡及詳細的表達意涵。 【聽】・在廣泛情境下，可聽懂常速且連貫的對話、新聞報導及講課，且能充分理解話題走向、內容、人物關係、以及說話內容的論述結構等，並確實掌握其大意。
	N2	除日常生活所使用的日語之外，也能大致理解較廣泛情境下的日語 【讀】・可看懂報紙與雜誌所刊載的各類報導、解說、簡易評論等主旨明確的文章。 ・可閱讀一般話題的讀物，並能理解其脈絡及表達意涵。 【聽】・除日常生活情境外，在大部分的情境下，可聽懂接近常速且連貫的對話與新聞報導，亦能理解其話題走向、內容、以及人物關係，並可掌握其大意。
	N3	能大致理解日常生活所使用的日語 【讀】・可看懂與日常生活相關的具體內容的文章。 ・可由報紙標題等，掌握概要的資訊。 ・於日常生活情境下接觸難度稍高的文章，經換個方式敘述，即可理解其大意。 【聽】・在日常生活情境下，面對稍微接近常速且連貫的對話，經彙整談話的具體內容與人物關係等資訊後，即可大致理解。

<table>
<tr><td rowspan="2">＊容易
↓</td><td>N4</td><td>能理解基礎日語
【讀】・可看懂以基本語彙及漢字描述的貼近日常生活相關話題的文章。
【聽】・可大致聽懂速度較慢的日常會話。</td></tr>
<tr><td>N5</td><td>能大致理解基礎日語
【讀】・可看懂以平假名、片假名或一般日常生活使用的基本漢字所書寫的固定詞句、短文、以及文章。
【聽】・在課堂上或周遭等日常生活中常接觸的情境下，如為速度較慢的簡短對話，可從中聽取必要資訊。</td></tr>
</table>

3. 測驗科目

新制測驗的測驗科目與測驗時間如表2所示。

■ 表2　測驗科目與測驗時間＊①

<table>
<tr><th>級數</th><th colspan="3">測驗科目
（測驗時間）</th><th></th><th></th></tr>
<tr><td>N1</td><td colspan="2">語言知識（文字、語彙、文法）、讀解
（110分）</td><td>聽解
（60分）</td><td>→</td><td rowspan="2">測驗科目為「語言知識（文字、語彙、文法）、讀解」；以及「聽解」共2科目。</td></tr>
<tr><td>N2</td><td colspan="2">語言知識（文字、語彙、文法）、讀解
（105分）</td><td>聽解
（50分）</td><td>→</td></tr>
<tr><td>N3</td><td>語言知識（文字、語彙）
（30分）</td><td>語言知識（文法）、讀解
（70分）</td><td>聽解
（40分）</td><td>→</td><td rowspan="3">測驗科目為「語言知識（文字、語彙）」；「語言知識（文法）、讀解」；以及「聽解」共3科目。</td></tr>
<tr><td>N4</td><td>語言知識（文字、語彙）
（30分）</td><td>語言知識（文法）、讀解
（60分）</td><td>聽解
（35分）</td><td>→</td></tr>
<tr><td>N5</td><td>語言知識（文字、語彙）
（25分）</td><td>語言知識（文法）、讀解
（50分）</td><td>聽解
（30分）</td><td>→</td></tr>
</table>

N1與N2的測驗科目為「語言知識（文字、語彙、文法）、讀解」以及「聽解」共2科目；N3、N4、N5的測驗科目為「語言知識（文字、語彙）」、「語言知識（文法）、讀解」、「聽解」共3科目。

由於N3、N4、N5的試題中，包含較少的漢字、語彙、以及文法項目，因此當與N1、N2測驗相同的「語言知識（文字、語彙、文法）、讀解」科目時，有時會使某幾道試題成為其他題目的提示。為避免這個情況，因此將「語言知識（文字、語彙、文法）、讀解」，分成「語言知識（文字、語彙）」和「語言知識（文法）、讀解」施測。

＊①聽解因測驗試題的錄音長度不同，致使測驗時間會有些許差異。

4. 測驗成績

4－1　量尺得分

舊制測驗的得分，答對的題數以「原始得分」呈現；相對的，新制測驗的得分以「量尺得分」呈現。

「量尺得分」是經過「等化」轉換後所得的分數。以下，本手冊將新制測驗的「量尺得分」，簡稱為「得分」。

4－2　測驗成績的呈現

新制測驗的測驗成績，如表3的計分科目所示。N1、N2、N3的計分科目分為「語言知識（文字、語彙、文法）」、「讀解」、以及「聽解」3項；N4、N5的計分科目分為「語言知識（文字、語彙、文法）、讀解」以及「聽解」2項。

會將N4、N5的「語言知識（文字、語彙、文法）」和「讀解」合併成一項，是因為在學習日語的基礎階段，「語言知識」與「讀解」方面的重疊性高，所以將「語言知識」與「讀解」合併計分，比較符合學習者於該階段的日語能力特徵。

■ 表3 各級數的計分科目及得分範圍

級數	計分科目	得分範圍
N1	語言知識（文字、語彙、文法） 讀解 聽解	0～60 0～60 0～60
	總分	0～180
N2	語言知識（文字、語彙、文法） 讀解 聽解	0～60 0～60 0～60
	總分	0～180
N3	語言知識（文字、語彙、文法） 讀解 聽解	0～60 0～60 0～60
	總分	0～180
N4	語言知識（文字、語彙、文法）、讀解 聽解	0～120 0～60
	總分	0～180
N5	語言知識（文字、語彙、文法）、讀解 聽解	0～120 0～60
	總分	0～180

各級數的得分範圍，如表3所示。N1、N2、N3的「語言知識（文字、語彙、文法）」、「讀解」、「聽解」的得分範圍各為0～60分，三項合計的總分範圍是0～180分。「語言知識（文字、語彙、文法）」、「讀解」、「聽解」各占總分的比例是1：1：1。

N4、N5的「語言知識（文字、語彙、文法）、讀解」的得分範圍為0～120分，「聽解」的得分範圍為0～60分，二項合計的總分範圍是0～180分。「語言知識（文字、語彙、文法）、讀解」與「聽解」各占總分的比例是2：1。還有，「語言知識（文字、語彙、文法）、讀解」的得分，不能拆解成「語言知識（文字、語彙、文法）」與「讀解」二項。

除此之外，在所有的級數中，「聽解」均占總分的三分之一，較舊制測驗的四分之一為高。

N5 題型分析

測驗科目（測驗時間）		試題內容				
		題型			小題題數＊	分析
語言知識（25分）	文字、語彙	1	漢字讀音	◇	12	測驗漢字語彙的讀音。
		2	假名漢字寫法	◇	8	測驗平假名語彙的漢字及片假名的寫法。
		3	選擇文脈語彙	◇	10	測驗根據文脈選擇適切語彙。
		4	替換類義詞	○	5	測驗根據試題的語彙或說法，選擇類義詞或類義說法。
語言知識、讀解（50分）	文法	1	文句的文法1（文法形式判斷）	○	16	測驗辨別哪種文法形式符合文句內容。
		2	文句的文法2（文句組構）	◆	5	測驗是否能夠組織文法正確且文義通順的句子。
		3	文章段落的文法	◆	5	測驗辨別該文句有無符合文脈。
	讀解＊	4	理解內容（短文）	○	3	於讀完包含學習、生活、工作相關話題或情境等，約80字左右的撰寫平易的文章段落之後，測驗是否能夠理解其內容。
		5	理解內容（中文）	○	2	於讀完包含以日常話題或情境為題材等，約250字左右的撰寫平易的文章段落之後，測驗是否能夠理解其內容。

	讀解＊	6	釐整資訊	◆	1	測驗是否能夠從介紹或通知等，約250字左右的撰寫資訊題材中，找出所需的訊息。
聽解（30分）		1	理解問題	◇	7	於聽取完整的會話段落之後，測驗是否能夠理解其內容（於聽完解決問題所需的具體訊息之後，測驗是否能夠理解應當採取的下一個適切步驟）。
		2	理解重點	◇	6	於聽取完整的會話段落之後，測驗是否能夠理解其內容（依據剛才已聽過的提示，測驗是否能夠抓住應當聽取的重點）。
		3	適切話語	◆	5	測驗一面看圖示，一面聽取情境說明時，是否能夠選擇適切的話語。
		4	即時應答	◆	6	測驗於聽完簡短的詢問之後，是否能夠選擇適切的應答。

＊「小題題數」為每次測驗的約略題數，與實際測驗時的題數可能未盡相同。此外，亦有可能會變更小題題數。

＊有時在「讀解」科目中，同一段文章可能會有數道小題。

＊新制測驗與舊制測驗題型比較的符號標示：

◆	舊制測驗沒有出現過的嶄新題型。
◇	沿襲舊制測驗的題型，但是更動部分形式。
○	與舊制測驗一樣的題型。

JLPTN5

試験問題

(しけんもんだい)

STS

答對：　／33題

測驗日期：___月___日

第1回（だいかい）

言語知識（文字・語彙）

もんだい1　＿＿の　ことばは　ひらがなで　どう　かきますか。1・2・3・4　から　いちばん　いい　ものを　ひとつ　えらんで　ください。

（れい）　大きな　さかなが　およいで　います。

1　おおきな　　2　おきな　　3　だいきな　　4　たいきな

（かいとうようし）

（れい）	● ② ③ ④

1　りんごを　二つ　食べました。

1　ひとつ　　2　ふたつ　　3　みっつ　　4　につ

2　タクシーを　呼んで　くださいませんか。

1　よんで　　2　かんで　　3　てんで　　4　さけんで

3　南へ　まっすぐ　すすみます。

1　ひがし　　2　にし　　3　みなみ　　4　きた

4　三日までに　ここに　きて　ください。

1　みつか　　2　さんか　　3　みっか　　4　さんじつ

5　あなたの　へやは　とても　広いですね。

1　せまい　　2　きれい　　3　ひろい　　4　たかい

6　写真を　とります。「はい、チーズ。」

1　しゃじん　　2　しやしん　　3　しゃかん　　4　しゃしん

7 池の　なかで　あかい　さかなが　およいで　います。

1　いけ　　2　うみ　　3　かわ　　4　みずうみ

8 にほんでは、ひとは　道の　みぎがわを　あるきます。

1　まち　　2　どうろ　　3　せん　　4　みち

9 その　角を　まがって　まっすぐに　いった　ところが、わたしの　がっこうです。

1　かく　　2　かど　　3　つの　　4　みせ

10 わたしは　細い　ズボンが　すきです。

1　すくない　　2　こまかい　　3　ほそい　　4　ふとい

文字・語彙【測驗時間25分鐘】

もんだい２　＿＿の　ことばは　どう　かきますか。１・２・３・４から　いちばん　いい　ものを　ひとつ　えらんで　ください。

（れい）　わたしは　あおい　はなが　すきです。

1　草　　2　花　　3　化　　4　芸

（かいとうようし）

（れい）	①●③④

11　ネクタイの　みせの　まえに　えれべーたーが　あります。

1　エルベーター　　2　えれベーター

3　エレベター　　4　エレベーター

12　おちゃは　テーブルの　うえに　あります。

1　お水　　2　お茶　　3　お草　　4　お米

13　ドアを　あけて　なかに　はいって　ください。

1　開けて　　2　閉けて　　3　問けて　　4　門けて

14　やまの　うえから　いわが　おちて　きました。

1　石　　2　岩　　3　岸　　4　炭

15　となりの　むらまで　あるいて　いきました。

1　材　　2　森　　3　村　　4　林

16　わたくしは　田中（たなか）と　もうします。

1　申します　　2　甲します　　3　田します　　4　思します

17　りんごを　はんぶんに　きって　ください。

1　牛分　　2　半今　　3　羊今　　4　半分

18　えきは　わたしの　いえから　ちかいです。

1　低いです　　2　近いです　　3　遠いです　　4　道いです

もんだい３　（　　　）に　なにを　いれますか。１・２・３・４から　いちばん　いい　ものを　ひとつ　えらんで　ください。

（れい）　へやの　なかに　くろい　ねこが　（　　　）。

1　あります　　2　なきます　　3　います　　4　かいます

（かいとうようし）　| （れい） | ①②●④ |

19　あるくと　おそく　なるので、（　　　）で　行きます。

1　ちかく　　2　タクシー　　3　ズボン　　4　ワイシャツ

20　おばは　ちいさくて　かわいいので、（　　　）　みえます。

1　わかく　　2　おおきく　　3　あつく　　4　ふとって

21　たべた　あとは、すぐ　はを　（　　　）。

1　あらいます　　2　ふきます　　3　みがきます　　4　ぬきます

22　わたしの　いえには　くるまが　３（　　　）　あります。

1　だい　　2　ぼん　　3　き　　4　こ

23　わからない　ときは、いつでも　わたしに　（　　　）　ください。

1　つくって　　2　はじめて　　3　きいて　　4　わかって

24　この　カメラは　ふるいので、もっと　（　　　）　ほしいです。

1　すきなのが　　2　たかいのが

3　ただしいのが　　4　あたらしいのが

25　ことばの　いみを　しらべたいので、（　　　）を　かして　ください。

1　じしょ　　2　がくふ　　3　ちず　　4　はさみ

26　なつは　まいにち　シャワーを　（　　　）。

1　はいります　　2　かぶります　　3　あびます　　4　かけます

27 うちの　ペットは、ちいさな　（　　）です。

1　いぬ　　2　くるま　　3　はな　　4　いす

28 さいふが　ゆうびんきょくの　（　　）　おちて　います。

1　したに
2　なかに
3　まえに
4　うえに

**もんだい4　＿＿の　ぶんと　だいたい　おなじ　いみの　ぶんが　あります。
1・2・3・4から　いちばん　いい　ものを　ひとつ　えらんで
ください。**

（れい）　その　えいがは　つまらなかったです。

1　その　えいがは　おもしろく　なかったです。

2　その　えいがは　たのしかったです。

3　その　えいがは　おもしろかったです。

4　その　えいがは　しずかでした。

（かいとうようし）　（れい）　● ② ③ ④

29　1ねんに　1かいは　うみに　いきます。

1　1ねんに　2かいずつ　うみに　いきます。

2　まいとし　1かいは　うみに　いきます。

3　まいとし　2かいは　うみに　いきます。

4　1ねんに　なんかいも　うみに　いきます。

30　けさ　わたしは　さんぽを　しました。

1　きのうの　よる　わたしは　さんぽを　しました。

2　きょうの　ゆうがた　わたしは　さんぽを　しました。

3　きょうの　あさ　わたしは　さんぽを　しました。

4　わたしは　あさは　いつも　さんぽを　します。

31　父は、10ねんまえから　ぎんこうに　つとめて　います。

1　父は、10ねんまえから　ぎんこうを　とおって　います。

2　父は、10ねんまえから　ぎんこうを　つかって　います。

3　父は、10ねんまえから　ぎんこうの　ちかくに　すんで　います。

4　父は、10ねんまえから　ぎんこうで　はたらいて　います。

32 <u>わたしは　いつも　げんきです。</u>

1　わたしは　よく　びょうきを　します。

2　わたしは　あまり　びょうきを　しません。

3　わたしは　げんきでは　ありません。

4　わたしは　きが　よわいです。

33 <u>ほんは　あさってまでに　かえします。</u>

1　ほんは　あしたまでに　かえします。

2　ほんは　らいしゅうまでに　かえします。

3　ほんは　三日あとまでに　かえします。

4　ほんは　二日あとまでに　かえします。

答對：
／32 題

言語知識（文法）・読解

もんだい１　（　　　）に　何(なに)を　入(い)れますか。１・２・３・４から　いちばん　いい　ものを　一(ひと)つ　えらんで　ください。

(れい)　これ　（　　　）　わたしの　かさです。

１　は　　　２　を　　　３　や　　　４　に

(かいとうようし)

(れい)	● ② ③ ④

1　あしたの　パーティーには、お友(とも)だち（　　　）　いっしょに　来(き)て　くださいね。

１　は　　　２　も　　　３　を　　　４　に

2　東(ひがし)（　　　）　あるいて　いくと、えきに　つきます。

１　へ　　　２　から　　　３　を　　　４　や

3　A「きょう（　　　）　あなたの　たんじょうびですか。」
B「そうです。8月(がつ) 13日(にち)です。」

１　も　　　２　まで　　　３　から　　　４　は

4　こんなに　むずかしい　もんだいは　だれ（　　　）　できません。

１　も　　　２　まで　　　３　さえ　　　４　が

5　この　にくは　高(たか)いので、少(すこ)し（　　　）　買(か)いません。

１　は　　　２　の　　　３　しか　　　４　より

6　A「とても（　　　）　夜(よる)ですね。」
B「そうですね。庭(にわ)で　虫(むし)が　ないて　います。」

１　しずかなら　　　２　しずかに　　　３　しずかだ　　　４　しずかな

7 A「あなたは　どこの　くにに　行きたいですか。」
B「スイス（　　　）オーストリアに　行きたいです。」

1 に　　2 か　　3 へ　　4 も

8 さむいので、あしたは　ゆきが（　　　）。

1 ふるでしょう　　2 ふりでしょう
3 ふるです　　4 ふりました

9 すずしく　なると、うみ（　　　）およげません。

1 へ　　2 で　　3 から　　4 に

10 A「あなたは　ひとつきに　なんさつ　ざっしを　かいますか。」
B「ざっしは　あまり（　　　）。」

1 かいたいです　　2 かいます
3 ３さつぐらいです　　4 かいません

11 A「これは　だれの　本ですか。」
B「山口くん（　　　）です。」

1 の　　2 へ　　3 が　　4 に

12 A「10時までに　東京に　つきますか。」
B「ひこうきが　おくれて　いるので、（　　　）10時までには　つかないでしょう。」

1 どうして　　2 たぶん　　3 もし　　4 かならず

13 中山「大田さん、その　バッグは　きれいですね。まえから　もって　いましたか。」
大田「いえ、先週（　　　）。」

1 かいます　　2 もって　いました
3 ありました　　4 かいました

14 A「こんど　いっしょに　山(やま)に　のぼりませんか。」
B「いいですね。いっしょに　（　　　）。」

1　のぼるでしょう　　2　のぼりましょう
3　のぼりません　　4　のぼって　います

15 はがきは　かって　（　　　）ので、どうぞ　つかって　ください。

1　やります　　2　ください　　3　あります　　4　おかない

16 夜(よる)の　そらに　丸(まる)い　月(つき)が　でて　（　　　）。

1　いきます　　2　あります　　3　みます　　4　います

もんだい２　＿★＿に　入（はい）る　ものは　どれですか。１・２・３・４から　いちばん　いい　ものを　一（ひと）つ　えらんで　ください。

（もんだいれい）

A「＿＿＿　＿＿＿　＿★＿　＿＿＿か。」

B「あの　かどを　まがった　ところです。」

1　どこ　　2　こうばん　　3　は　　4　です

（こたえかた）

1.　ただしい　文（ぶん）を　つくります。

A「＿＿＿　＿＿＿　＿★＿　＿＿＿か。」
　2 こうばん　3 は　1 どこ　4 です
B「あの　かどを　まがった　ところです。」

2.　＿★＿に　入（はい）る　ばんごうを　くろく　ぬります。

（かいとうようし）　| （れい） | ●②③④ |

17　中山（なかやま）「リンさんは　休（やす）みの　日（ひ）には　何（なに）を　して　いますか。」

リン「そうですね、たいてい＿＿＿　＿★＿　＿＿＿　＿＿＿。」

1　います　　2　して　　3　を　　4　ゴルフ

18　（八百屋（やおや）で）

大島（おおしま）「その　＿＿＿　＿★＿　＿＿＿　＿＿＿　ください。」

店（みせ）の人（ひと）「はい、どうぞ。」

1　を　　2　赤（あか）い　　3　5こ　　4　りんご

19 A「お兄(にい)さんは　おげんきですか。」

B「はい、とても＿＿＿　＿＿＿　＿★＿　＿＿＿　行って　います。」

1　げんき　　2　大学(だいがく)　　3　で　　4　に

20 つくえの　上(うえ)に　＿＿＿　＿＿＿　＿★＿　＿＿＿　あります。

1　など　　2　本(ほん)や　　3　が　　4　ノート

21 (パン屋(や)で)

女(おんな)の人(ひと)「＿＿＿　＿★＿　＿＿＿　＿＿＿　ありますか。」

店(みせ)の人(ひと)「ありますよ。」

1　パン　　2　おいしい　　3　は　　4　やわらかくて

もんだい３ [22]から[26]に 何を 入れますか。ぶんしょうの いみを かんがえて、１・２・３・４から いちばん いい ものを 一つ えらんで ください。

日本で べんきょうして いる 学生が、「わたしの かぞく」に ついて ぶんしょうを 書いて、クラスの みんなの 前で 読みました。

> わたしの かぞくは、両親、わたし、妹の ４人です。父は 警官で、毎日 おそく[22] 仕事を して います。日曜日も あまり 家に [23]。母は、料理が とても じょうずです。母が 作る グラタンは かぞく みんなが おいしいと 言います。国に 帰ったら、また 母の グラタンを [24]です。
>
> 妹が 大きく なったので、母は 近くの スーパーで 仕事を [25]。妹は 中学生ですが、小さい ころから ピアノを 習って いますので、今では わたし[26] じょうずに ひきます。

22

１ だけ　　２ て　　３ まで　　４ から

23

１ いません　　２ います　　３ あります　　４ ありません

24

１ 食べる　　２ 食べてほしい　　３ 食べたい　　４ 食べた

25

１ やめました　　２ はじまりました
３ やすみました　　４ はじめました

26

１ では　　２ より　　３ でも　　４ だけ

もんだい4　つぎの　(1) から　(3) の　ぶんしょうを　読んで、しつもんに　こたえて　ください。こたえは、1・2・3・4から　いちばん　いい　ものを　一つ　えらんで　ください。

(1)

今日は、午前中で　学校の　テスト が　終わったので、昼ごはんを　食べた　あと、いえに　かえって　ピアノの　れんしゅうを　しました。明日は、友だちが　わたしの　うちに　来て、いっしょに　テレビを　見たり、音楽を　聞いたり　します。

27　「わたし」は、今日の　午後、何を　しましたか。

1　学校で　テストが　ありました。
2　ピアノを　ひきました。
3　友だちと　テレビを　見ました。
4　友だちと　音楽を　聞きました。

(2)

わたしの　かぞくは、まるい　テーブルで　食事を　します。父は、大きな　いすに　すわり、父の　右側に　わたし、左側に　弟が　すわります。父の　前には、母が　すわり、みんなで　楽しく　話しながら　食事を　します。

28 「わたし」の　かぞくは　どれですか。

(3)

中田くんの　机の　上に　松本先生の　メモが　ありました。

> **中田くん**
>
> **明日の　じゅぎょうで　つかう　この　地図を　50枚　コピーして　ください。24枚は　クラスの　人に　1枚ずつ　わたして　ください。あとの　26枚は、先生の　机の　上に　のせて　おいて　ください。**
>
> **松本**

29 中田くんは、地図を　コピーして　クラスの　みんなに　わたした　あと、どう　しますか。

1　26枚を　いえに　もって　帰ります。
2　26枚を　先生の　机の　上に　のせて　おきます。
3　みんなに　もう　1枚ずつ　わたします。
4　50枚を　先生の　机の　上に　のせて　おきます。

もんだい5　つぎの　ぶんしょうを　読んで、しつもんに　こたえて　ください。こたえは、１・２・３・４から　いちばん　いい　ものを　一つ　えらんで　ください。

昨日は、そぼの　たんじょうびでした。そぼは、父の　お母さんで、もう、90歳に　なるのですが、とても　元気です。両親が　仕事に、わたしと　弟が　学校に　行った　あと、毎日　家で　そうじや　せんたくを　したり、夕ご飯を　作ったり　して、はたらいて　います。

その　日、母は　そぼの　すきな　りょうりを　作りました。父は、新しい　ラジオを　プレゼントしました。わたしと　弟は、ケーキを　買って　きて、ろうそくを　９本　立てました。

そぼは　お酒を　少し　のんだので、赤い　顔を　して　いましたが、とても、うれしそうでした。これからも　ずっと　元気で　いて　ほしいです。

30　そぼの　たんじょうびに、父は　何を　しましたか。

1　そぼの　すきな　りょうりを　作りました。
2　新しい　ラジオを　プレゼントしました。
3　たんじょうびの　ケーキを　買いました。
4　そぼが　すきな　お酒を　買いました。

31　わたしと　弟は　ケーキを　買って　きて、どう　しましたか。

1　ケーキを　切りました。
2　ケーキに　立てた　ろうそくに　火を　つけました。
3　ケーキに　ろうそくを　90本　立てました。
4　ケーキに　ろうそくを　９本　立てました。

もんだい6 下の　お知らせを　見て、下の　しつもんに　こたえて　ください。こたえは、1・2・3・4から　いちばん　いい　ものを　一つ　えらんで　ください。

32 吉田さんが　午後6時に　家に　帰ると、下の　お知らせが　とどいて　いました。
あしたの　午後6時すぎに　荷物を　とどけて　ほしい　ときは、0120—○××—△××　に　電話を　して、何ばんの　番号を　おしますか。

1　06124　　2　06123　　3　06133　　4　06134

お知らせ

やまねこたくはいびん

吉田様

6月12日午後3時に　荷物を　とどけに　きましたが、だれも　いませんでした。また　とどけに　来ますので、下の　電話番号に　電話を　して、とどけて　ほしい　日と　時間の　番号を、おして　ください。

電話番号0120—○××—△××

○とどけて　ほしい　日

番号を　4つ　おします。

れい　3月15日　⇒　0315

○とどけて　ほしい　時間

下から　えらんで、その　番号を　おして　ください。

【1】午前中
【2】午後1時～3時
【3】午後3時～6時
【4】午後6時～9時

れい　3月15日の　午後3時から　6時までに　とどけて　ほしい　とき。
⇒03153

答對：

／24 題

聴解

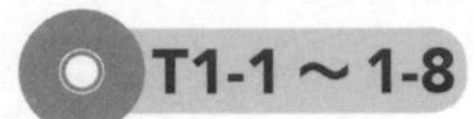

もんだい１

もんだい１では、はじめに　しつもんを　きいて　ください。それから　はなしを　きいて、もんだいようしの　１から４の　なかから、いちばん　いい　ものを　ひとつ　えらんで　ください。

れい

1ばん

2ばん

1　ほんやに行きます

2　まんがやざっしなどを読みます

3　せんせいにききます

4　としょかんに行きます

3ばん

1　7月7日

2　7月10日

3　8月10日

4　8月13日

4ばん

1　10じ

2　12じ

3　13じ

4　14じ

5ばん

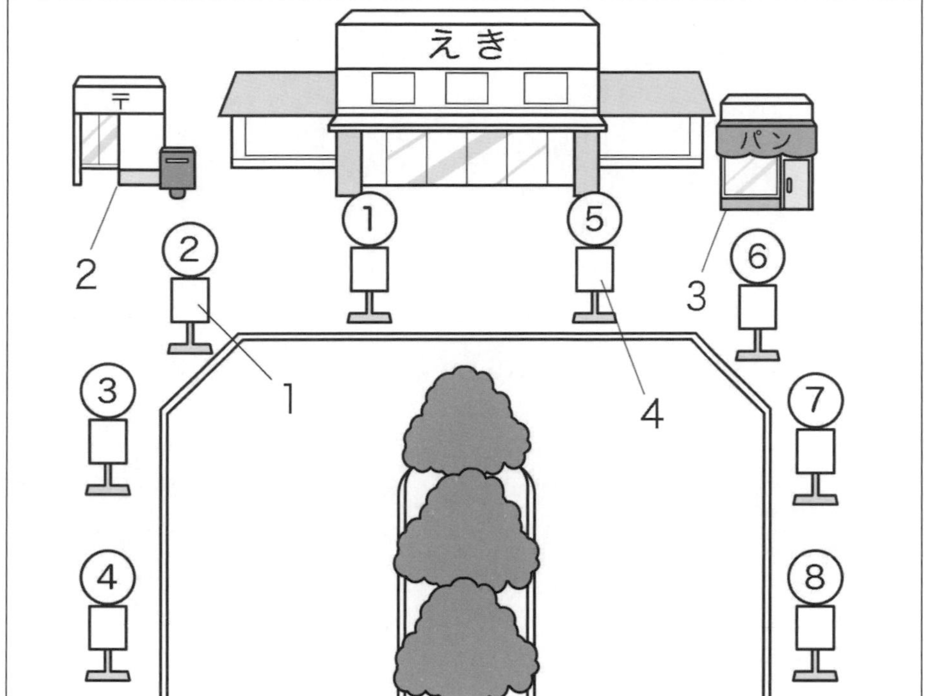

6ばん

1　コート

2　マスク

3　ぼうし

4　てぶくろ

7ばん

1　6こ

2　10こ

3　12こ

4　16こ

もんだい２

T1-9～1-15

もんだい２では、はじめに　しつもんを　きいて　ください。それから　はなしを　きいて、もんだいようしの　１から４の　なかから、いちばん　いい　ものを　ひとつ　えらんで　ください。

れい

1　自分の家
2　会社の近くのえき
3　レストラン
4　おかし屋

1ばん

2ばん

1　およぐのがすきだから

2　さかながおいしいから

3　すずしいから

4　いろいろなはながさいているから

回數
1
2
3

3ばん

4ばん

1　まいにち

2　かようびのごご

3　しごとがおわったあと

4　ときどき

5ばん

1　せんたくをしました

2　へやのそうじをしました

3　きっさてんにいきました

4　かいものをしました

6ばん

1　大

2　太

3　犬

4　天

もんだい３

T1-16～1-21

もんだい３では、えを　みながら　しつもんを　きいて　ください。
➡（やじるし）の　ひとは、なんと　いいますか。１から３の　なかから、いちばん　いい　ものを　ひとつ　えらんで　ください。

れい

1ばん

2ばん

3ばん

4ばん

5ばん

もんだい４

もんだい４は、えなどが　ありません。ぶんを　きいて、１から３の　なかから、いちばん　いい　ものを　ひとつ　えらんで　ください。

―　メモ　―

答對：
／33題

測驗日期：___月___日

文字・語彙

【測驗時間25分鐘】

第２回

言語知識（文字・語彙）

もんだい１　____の　ことばは　ひらがなで　どう　かきますか。１・２・３・４　から　いちばん　いい　ものを　ひとつ　えらんで　ください。

（れい）　大きな　さかなが　およいで　います。

1　おおきな　　2　おきな　　3　だいきな　　4　たいきな

（かいとうようし）

（れい）	● ② ③ ④

1　まいあさ、たいしかんの　まわりを　散歩します。

1　さんぼう　　2　さんほ　　3　さんぽ　　4　さんぼ

2　両親は　がっこうの　せんせいです。

1　りょおおや　　2　りょうしん　　3　りょしん　　4　りょうおや

3　わたしには　九つに　なる　おとうとが　います。

1　きゅうつ　　2　ここのつ　　3　くつ　　4　やっつ

4　くるまは　みちの　左側を　はしります。

1　みぎがわ　　2　にしがわ　　3　きたがわ　　4　ひだりがわ

5　まいにち　牛乳を　のみます。

1　ぎゅうにゅ　　2　ぎゅうにゆう　　3　ぎゅうにゅう　　4　ぎゆうにゅう

6　赤い　ネクタイを　しめます。

1　あおい　　2　しろい　　3　ほそい　　4　あかい

7 いま　<u>4時</u>15ふんです。

1　よんじ　　2　よじ　　3　しじ　　4　よし

8 そこで　<u>待って</u>　いて　ください。

1　たって　　2　もって　　3　かって　　4　まって

9 がっこうの　<u>横</u>には　ちいさな　こうえんが　あります。

1　まえ　　2　よこ　　3　そば　　4　うしろ

10 とても　<u>楽しく</u>　なりました。

1　うれしく　　2　ただしく　　3　たのしく　　4　さびしく

もんだい２　＿＿の　ことばは　どう　かきますか。１・２・３・４から　いちばん　いい　ものを　ひとつ　えらんで　ください。

（れい）　わたしは　あおい　はなが　すきです。

1　草　　2　花　　3　化　　4　芸

（かいとうようし）　| （れい） | ①●③④ |

11　あつく　なったので、しゃつを　ぬぎました。

1　ツャシ　　2　シャン　　3　シャツ　　4　シヤツ

12　りょこうの　ことを　さくぶんに　かきました。

1　昨人　　2　作文　　3　昨文　　4　作分

13　あかるい　へやで　ほんを　よみました。

1　朋るい　　2　暗るい　　3　赤るい　　4　明るい

14　めがねは　６かいの　みせに　あります。

1　６院　　2　６階　　3　６皆　　4　６回

15　かわいい　おんなのこが　うまれました。

1　男の子　　2　妹の子　　3　女の子　　4　母の子

16　つよい　ちからで　おしました。

1　強い　　2　弱い　　3　引い　　4　勉い

17　そとは　さむいですが、うちの　なかは　あたたかいです。

1　申　　2　日　　3　甲　　4　中

18　わたしは　さかなの　りょうりが　すきです。

1　漁　　2　魚　　3　鳥　　4　肉

もんだい3（　　）に　なにを　いれますか。1・2・3・4から　いちばん　いい　ものを　ひとつ　えらんで　ください。

（れい）　へやの　なかに　くろい　ねこが　（　　）。
1　あります　　2　なきます　　3　います　　4　かいます

（かいとうようし）

（れい）	①②●④

19　何か　（　　）は　ありませんか。すこし　おなかが　すきました。
1　よむもの　　2　のみもの　　3　かくもの　　4　たべもの

20　あたまが　いたいので、これから　（　　）に　いきます。
1　びょういん　　2　びよういん　　3　びょうき　　4　としょかん

21　たばこを　（　　）　ひとが　すくなく　なりました。
1　たべる　　2　はく　　3　すう　　4　ふく

22　なつ、そとに　でる　ときは、ぼうしを　（　　）。
1　かぶります　　2　はきます　　3　きます　　4　つけます

23　わたしの　うちは、この　（　　）を　まがって　すぐです。
1　そば　　2　かど　　3　みぎ　　4　まち

24　あさは、つめたい　みずで　かおを　（　　）。
1　かきます　　2　ぬります　　3　はきます　　4　あらいます

25　かれは　友だちを　とても　（　　）　して　います。
1　たいせつに　　2　しずかに　　3　にぎやかに　　4　ゆうめいに

26　いもうとは　らいねんの　4がつに　5ねんせいに　（　　）。
1　のぼります　　2　なりました　　3　なります　　4　します

27 （　　）を　ひいたので、くすりを　のみました。

1　かぜ　　2　びょうき　　3　じしょ　　4　せん

28 そこで、くつを　（　　）　なかに　はいって　ください。

1　はいて

2　すてて

3　かりて

4　ぬいで

もんだい4　＿＿の　ぶんと　だいたい　おなじ　いみの　ぶんが　あります。1・2・3・4から　いちばん　いい　ものを　ひとつ　えらんで　ください。

（れい）　その　えいがは　つまらなかったです。

1　その　えいがは　おもしろく　なかったです。
2　その　えいがは　たのしかったです。
3　その　えいがは　おもしろかったです。
4　その　えいがは　しずかでした。

（かいとうようし）　

（れい）	● ② ③ ④

29　わたしには　おとうとが　二人と　いもうとが　一人　います。

1　わたしは　3人きょうだいです。
2　わたしは　4人かぞくです。
3　わたしは　2人きょうだいです。
4　わたしは　4人きょうだいです。

30　でんきを　けさないで　ください。

1　でんきを　けして　ください。
2　でんきを　つけないで　ください。
3　でんきを　つけて　いて　ください。
4　でんきを　けしても　いいです。

31　こんなに　むずかしく　ない　こどもの　ほんは　ありますか。

1　もっと　むずかしい　こどもの　ほんは　ありますか。
2　こんなに　やさしく　ない　こどもの　ほんは　ありますか。
3　もっと　りっぱな　こどもの　ほんは　ありますか。
4　もっと　やさしい　こどもの　ほんは　ありますか。

32 いまは　あまり　いそがしく　ないです。

1　いまは　まだ　いそがしいです。

2　いまは　すこし　ひまです。

3　いまは　とても　いそがしいです。

4　いまは　まだ　ひまでは　ありません。

33 二日まえ　ははから　でんわが　ありました。

1　おととい　ははから　でんわが　ありました。

2　あさって　ははから　でんわが　ありました。

3　いっしゅうかんまえ　ははから　でんわが　ありました。

4　きのう　ははから　でんわが　ありました。

答對：
／32 題

言語知識（文法）・読解

回數 1 2 3

もんだい 1　（　　）に 何(なに)を 入(い)れますか。1・2・3・4から いちばん いい ものを 一(ひと)つ えらんで ください。

(れい)　これ （　　） わたしの かさです。

1 は　　2 を　　3 や　　4 に

(かいとうようし)　| (れい) | ● ② ③ ④ |

1　これは 妹(いもうと)（　　） 作(つく)った ケーキです。

1 は　　2 が　　3 へ　　4 を

2　A「あなたの くにでは、雪(ゆき)が ふりますか。」
B「（　　） ふりません。」

1 あまり　　2 ときどき　　3 よく　　4 はい

3　A「パンの （　　） 方(かた)を おしえて くださいませんか。」
B「いいですよ。」

1 作(つく)ら　　2 作(つく)って　　3 作(つく)る　　4 作(つく)り

4　しんごうが 青(あお)（　　） なりました。わたりましょう。

1 で　　2 い　　3 に　　4 へ

5　A「どんな くだものが すきですか。」
B「りんごも みかん （　　） すきです。」

1 は　　2 を　　3 も　　4 が

6　いえの 前(まえ)で タクシー（　　） とめました。

1 が　　2 に　　3 を　　4 は

7 A「さあ、出かけましょう。」
B「あと、10分（　　）まって　くださいませんか。」

1 ずつ　　2 だけ　　3 など　　4 から

8 （　　）ながら　けいたい電話を　かけるのは　やめましょう。

1 歩き　　2 歩く　　3 歩か　　4 歩いて

9 A「ここから　学校（　　）どれくらい　かかりますか。」
B「20分ぐらいです。」

1 へ　　2 で　　3 に　　4 まで

10 A「きょうしつには　だれか　いましたか。」
B「いいえ、（　　）いませんでした。」

1 だれか　　2 どれも　　3 だれも　　4 だれでも

11 A「なぜ　あなたは　新聞を　読まないのですか。」
B「朝は　いそがしい（　　）です。」

1 から　　2 ほう　　3 まで　　4 と

12 A「その　シャツは（　　）でしたか。」
B「2千円です。」

1 どう　　2 いくら　　3 何　　4 どこ

13 これは、わたし（　　）あなたへの　プレゼントです。

1 が　　2 に　　3 へ　　4 から

14 ねる（　　）はを　みがきましょう。

1 まえから　　2 まえに　　3 のまえに　　4 まえを

15 子どもは　あまい　もの（　　）すきです。

1 が　　2 に　　3 だけ　　4 や

16 山田（やまだ）「田上（たのうえ）さん、きょうだいは？」
田上（たのうえ）「兄（あに）は　います（　　　）、弟（おとうと）は　いません。」

1　から　　2　ので　　3　で　　4　が

もんだい２　＿★＿に　入る　ものは　どれですか。１・２・３・４から　いちばん　いい　ものを　一つ　えらんで　ください。

（もんだいれい）

A「＿＿＿　＿＿＿　＿★＿　＿＿＿か。」

B「あの　かどを　まがった　ところです。」

２　どこ　　３　こうばん　　１　は　　４　です

（こたえかた）

1.　ただしい　文を　つくります。

A「＿＿＿　＿＿＿　＿★＿　＿＿＿か。」 ２ こうばん　３ は　１ どこ　４ です B「あの　かどを　まがった　ところです。」

2.　＿★＿に　入る　ばんごうを　くろく　ぬります。

（かいとうようし）

（れい）	● ② ③ ④

17　A「あなたは、日本の　たべもので　どんな　ものが　すきですか。」

B「日本の　たべもので　＿＿＿　＿＿＿　＿★＿　＿＿＿　てんぷらです。」

１　は　　２　すきな　　３　わたしが　　４　の

18　夕ご飯は　＿＿＿　＿★＿　＿＿＿　＿＿＿　食べます。

１　入った　　２　に　　３　あとで　　４　おふろ

19　先生「きのうは、なぜ　休んだのですか。」

学生「朝、＿＿＿　＿★＿　＿＿＿　＿＿＿　からです。」

１　いたく　　２　が　　３　あたま　　４　なった

回數

1
2
3

20 ＿＿＿ ＿＿＿ ＿★＿ ＿＿＿ あそびます。

1 して　　2 しゅくだい　　3 を　　4 から

21 A「うちの ＿＿＿ ＿＿＿ ＿★＿ ＿＿＿よ。」

B「あら、うちの　ねこも　そうですよ。」

1 ねて　　2 一日中　　3 います　　4 ねこは

もんだい３　**22** から **26** に　何を　入れますか。ぶんしょうの　いみを　かんがえて、１・２・３・４から　いちばん　いい　ものを　一つ　えらんで　ください。

日本で　べんきょうして　いる　学生が、「しょうらいの　わたし」に　ついて　ぶんしょうを　書いて、クラスの　みんなの　前で　読みました。

(1)

わたしは、日本の　会社 **22** つとめて、ようふくの　デザインを　べんきょうする　つもりです。デザインが　じょうずに　なったら、国へ　帰って　よい　デザインで **23** 服を **24** です。

(2)

ぼくは、5年間ぐらい、日本の　会社で　コンピューターの　仕事を　します。**25** 国に　帰って、国の　会社で　はたらきます。ぼく **26** 国に　帰るのを、両親も　きょうだいたちも　まって　います。

22

1　に　　2　から　　3　を　　4　と

23

1　おいしい　　2　安い　　3　さむい　　4　広い

24

1　作りましょう　　2　作る　　3　作ります　　4　作りたい

25

1　もう　　2　しかし　　3　それから　　4　まだ

26

1　は　　2　が　　3　と　　4　に

もんだい４　つぎの　(1) から　(3) の　ぶんしょうを　読(よ)んで、しつもんに　こたえて　ください。こたえは、１・２・３・４から　いちばん　いい　ものを　一(ひと)つ　えらんで　ください。

(1)

昨日(きのう)、スーパーマーケットで、トマトを　三つ　100円(えん)で　売(う)って　いました。わたしは　「安(やす)い！」と　言(い)って、すぐに　買(か)いました。帰(かえ)りに　家(いえ)の　近(ちか)くの　八百屋(やおや)さんで　見(み)たら　もっと　大(おお)きい　トマトが　四つで　100円(えん)でした。

27　「わたし」は、トマトを、どこで　いくらで　買(か)いましたか。

1　スーパーで　三つ　100円(えん)で　買(か)いました。
2　スーパーで　四つ　100円(えん)で　買(か)いました。
3　八百屋(やおや)さんで　三つ　100円(えん)で　買(か)いました。
4　八百屋(やおや)さんで　四つ　100円(えん)で　買(か)いました。

(2)

今朝、わたしは　公園に　さんぽに　行きました。となりの　いえの　おじいさんが　木の　下で　しんぶんを　読んで　いました。

28　となりの　いえの　おじいさんは　どれですか。

(3)

とおるくんが　学校から　お知らせの　紙を　もらって　きました。

ご家族の　みなさまへ　お知らせ

3月25日（金曜日）　朝10時から、学校の　体育館で　生徒の　音楽会が　あります。

生徒は、みんな　同じ　白い　シャツを　着て　歌いますので、それまでに　学校の　前の　店で　買って　おいて　ください。

体育館に　入る　ときは、入り口に　ならべて　ある　スリッパを　はいて　ください。写真は　とって　いいです。

〇〇高等学校

29　お母さんは　とおるくんの　音楽会までに　何を　買いますか。

1　スリッパ
2　白い　ズボン
3　白い　シャツ
4　ビデオカメラ

もんだい５　つぎの　ぶんしょうを　読んで、しつもんに　こたえて　ください。こたえは、１・２・３・４から　いちばん　いい　ものを　一つ　えらんで　ください。

去年、わたしは　友だちと　沖縄に　りょこうに　行きました。沖縄は、日本の　南の　ほうに　ある　島で、海が　きれいな　ことで　ゆうめいです。

わたしたちは、飛行機を　おりて　すぐ、海に　行って　泳ぎました。その　あと、<u>古い　*お城</u>を　見に　行きました。　お城は　わたしの　国の　ものとも、日本で　前に　見た　ものとも　ちがう　おもしろい　たてものでした。友だちは　その　しゃしんを　たくさん　とりました。

お城を　見た　あと、４時ごろ、ホテルに　向かいました。ホテルの　門の　前で、ねこが　ねて　いました。とても　かわいかったので、わたしは　その　ねこの　しゃしんを　とりました。

＊お城：大きくてりっぱなたてものの一つ。

30　わたしたちは、沖縄に　ついて　はじめに　何を　しましたか。

1　古い　お城を　見に　行きました。
2　ホテルに　入りました。
3　海に　行って　しゃしんを　とりました。
4　海に　行って　泳ぎました。

31　「わたし」は、何の　しゃしんを　とりましたか。

1　古い　お城の　しゃしん
2　きれいな　海の　しゃしん
3　ホテルの　前で　ねて　いた　ねこの　しゃしん
4　お城の　門の　上で　ねて　いた　ねこの　しゃしん

もんだい６　下の　「**川越から東京までの時間とお金**」を　見て、下の　しつもんに　こたえて　ください。こたえは、１・２・３・４から　いちばん　いい　ものを　一つ　えらんで　ください。

32　ヤンさんは、川越と　いう　駅から　東京駅まで　電車で　行きます。行き方を　調べたら、四つの　行き方が　ありました。*乗りかえの　回数が　少なく、また、かかる　時間も　短いのは、①～④の　うちの　どれですか。

＊乗りかえ：電車やバスなどをおりて、ほかの電車やバスなどに乗ること。

1　①　　2　②　　3　③　　4　④

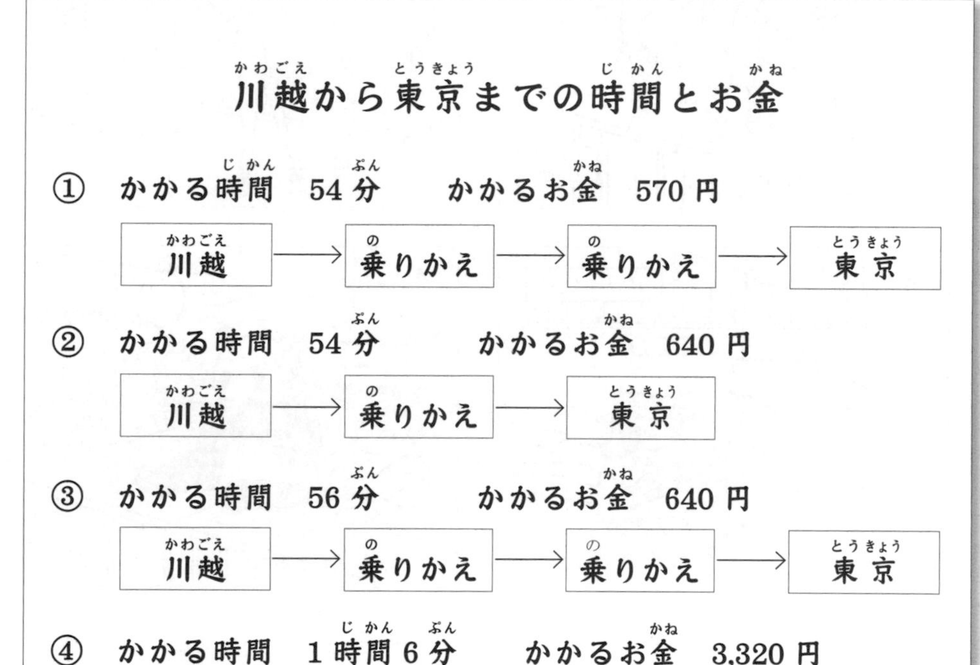

もんだい１

もんだい１では、はじめに　しつもんを　きいて　ください。それから　はなしを　きいて、もんだいようしの　１から４の　なかから、いちばん　いい　ものを　ひとつ　えらんで　ください。

れい

1ばん

1

2

3

4

2ばん

1　きょうしつのまえのろうか

2　がっこうのしょくどう

3　せんせいがたのへや

4　Ｂぐみのきょうしつ

3ばん

4ばん

1　プールでおよぎます

2　本をよみます

3　りょこうに行きます

4　しゅくだいをします

5ばん

6ばん

1　へやをあたたかくします

2　あついコーヒーをのみます

3　ばんごはんをたべます

4　おふろに入ります

7ばん

1　ホテルのちかくのレストラン

2　えきのちかくのレストラン

3　ホテルのちかくのパンや

4　ホテルのじぶんのへや

もんだい２

T2-9～2-15

もんだい２では、はじめに　しつもんを　きいて　ください。それから　はなしを　きいて、もんだいようしの　１から４の　なかから、いちばん　いい　ものを　ひとつ　えらんで　ください。

れい

1　自分の家
2　会社の近くのえき
3　レストラン
4　おかし屋

1ばん

1　いやなあめ

2　6月ごろのあめ

3　たくさんふるあめ

4　秋のあめ

2ばん

1　にぎやかなけっこんしき

2　しずかなけっこんしき

3　がいこくでやるけっこんしき

4　けっこんしきはしたくない

3ばん

1　くもり

2　ゆき

3　あめ

4　はれ

4ばん

1　1,500 えん

2　2,500 えん

3　3,000 えん

4　5,500 えん

5ばん

1　バス

2　じてんしゃ

3　あるきます

4　ちかてつ

6ばん

1　2,200 えん

2　2,300 えん

3　2,500 えん

4　2,800 えん

もんだい３

T2-16～2-21

もんだい３では、えを　みながら　しつもんを　きいて　ください。
➡（やじるし）の　ひとは、なんと　いいますか。１から３の　なかから、いちばん　いい　ものを　ひとつ　えらんで　ください。

れい

1ばん

2ばん

回數

1

2

3

3ばん

4ばん

5ばん

もんだい４

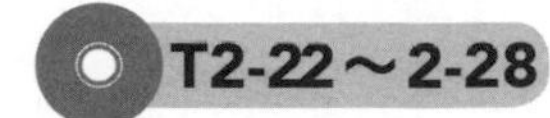

もんだい４は、えなどが　ありません。ぶんを　きいて、１から３の　なかから、いちばん　いい　ものを　ひとつ　えらんで　ください。

― メモ ―

答對：
／33題

測驗日期：＿月＿日

文字・語彙

【測驗時間25分鐘】

第３回（だいかい）

言語知識（文字・語彙）

もんだい１　＿＿の　ことばは　ひらがなで　どう　かきますか。１・２・３・４　から　いちばん　いい　ものを　ひとつ　えらんで　ください。

（れい）　大きな　さかなが　およいで　います。

１　おおきな　　２　おきな　　３　だいきな　　４　たいきな

（かいとうようし）　（れい）　●　②　③　④

1　丸い　テーブルの　うえに　おさらを　ならべました。

１　せまい　　２　ひろい　　３　まるい　　４　たかい

2　この　かみに　番号を　かいて　ください。

１　ばんごう　　２　ばんち　　３　きごう　　４　なまえ

3　庭で　こどもたちが　あそんで　います。

１　へや　　２　にわ　　３　には　　４　いえ

4　かんじの　かきかたを　習いました。

１　なれい　　２　うたい　　３　ほしい　　４　ならい

5　今朝は　はやく　おきました。

１　あさ　　２　こんや　　３　けさ　　４　きょう

6　小さい　ときの　ことは　わすれました。

１　ちいいさい　　２　ちさい　　３　うるさい　　４　ちいさい

7 ここから　えいがかんまでは　とても　遠いです。

1　ちかい　2　とおい　3　ながい　4　とうい

8 この　デパートの　9階が　レストランです。

1　きゅうかい　2　くかい　3　はちかい　4　はっかい

9 塩を　すこし　かけて　やさいを　たべます。

1　しう　2　しお　3　こな　4　しを

10 再来年　わたしは、くにに　かえります。

1　さらいしゅう　2　さいらいねん

3　さらいねん　4　らいねん

もんだい2 ＿＿の ことばは どう かきますか。1・2・3・4から いちばん いい ものを ひとつ えらんで ください。

(れい) わたしは あおい はなが すきです。

1 草　2 花　3 化　4 芸

(かいとうようし) | (れい) | ① ● ③ ④ |

11 つめたい かぜが ふいて います。

1 寒たい　2 泠たい　3 冷たい　4 令たい

12 あの ひとは ゆうめいな いしゃです。

1 左名　2 有名　3 夕名　4 右明

13 すぽーつで じょうぶな からだを つくります。

1 スポツ　2 スポーソ　3 スボーン　4 スポーツ

14 ちちは おさけが すきです。

1 お湯　2 お酒　3 お水　4 お洋

15 にほんの ふゆは さむいです。

1 春　2 久　3 冬　4 夏

16 きれいな みずで かおを あらいます。

1 顔　2 頭　3 類　4 題

17 としょかんで ほんを かりました。

1 貸りました　2 昔りました　3 買りました　4 借りました

18 がっこうの プールで まいにち およぎます。

1 永ぎます　2 泳ぎます　3 池ぎます　4 海ぎます

もんだい３　（　　　）に　なにを　いれますか。１・２・３・４から　いちばん　いい　ものを　ひとつ　えらんで　ください。

（れい）　へやの　なかに　くろい　ねこが　（　　　）。

1　あります　　2　なきます　　3　います　　4　かいます

（かいとうようし）

（れい）	①②●④

19　きいろい　きれいな　（　　　）が　さきました。

1　いろ　　2　はっぱ　　3　き　　4　はな

20　まいあさ　（　　　）に　のって　だいがくに　いきます。

1　ちかてつ　　2　テーブル　　3　つくえ　　4　エレベーター

21　きってを　（　　　）、てがみを　だしました。

1　つけて　　2　はって　　3　とって　　4　ならべて

22　がっこうは　8じ20ぷんに　（　　　）。

1　はじまります　　2　はしります　　3　はじめます　　4　はなします

23　わたしの　クラスの　（　　　）は　まだ　24さいです。

1　せいと　　2　せんせい　　3　ともだち　　4　こども

24　あと　（　　　）しか　じかんが　ありません。

1　10冊　　2　10回　　3　10個　　4　10分

25　とりが　きれいな　こえで　（　　　）　います。

1　ないて　　2　とまって　　3　はいって　　4　やすんで

26　つよい　かぜが　（　　　）　います。

1　おりて　　2　ふって　　3　ふいて　　4　ひいて

27 はこに　えんぴつが　（　　　）　はいって　います。

1　ごほん

2　ろっぽん

3　ななほん

4　はっぽん

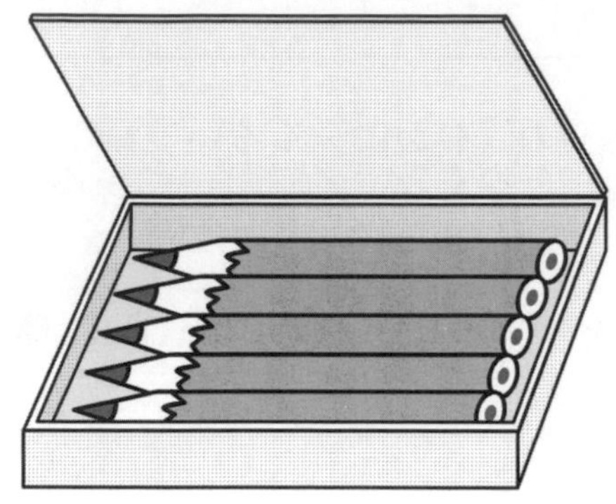

28 とても　さむく　なったので、（　　　）　コートを　きました。

1　しずかな　　2　あつい　　3　すずしい　　4　かるい

もんだい４　＿＿＿の　ぶんと　だいたい　おなじ　いみの　ぶんが　あります。
１・２・３・４から　いちばん　いい　ものを　ひとつ　えらんで
ください。

（れい）　その　えいがは　つまらなかったです。

1　その　えいがは　おもしろく　なかったです。
2　その　えいがは　たのしかったです。
3　その　えいがは　おもしろかったです。
4　その　えいがは　しずかでした。

（かいとうようし）　

（れい）	● ② ③ ④

29　みどりさんの　おばさんは　あの　ひとです。

1　みどりさんの　おかあさんの　おかあさんは　あの　ひとです。
2　みどりさんの　おとうさんの　おとうさんは　あの　ひとです。
3　みどりさんの　おかあさんの　おとうとは　あの　ひとです。
4　みどりさんの　おかあさんの　いもうとは　あの　ひとです。

30　あなたは　どうして　その　えいがに　いきたいのですか。

1　あなたは　どんな　えいがに　いきたいのですか。
2　あなたは　だれと　その　えいがに　いきたいのですか。
3　あなたは　なぜ　その　えいがに　いきたいのですか。
4　あなたは　いつ　その　えいがに　いきたいのですか。

31　だいがくは　ちかく　ないので、あるいて　いきません。

1　だいがくは　ちかいので、あるいて　いきます。
2　だいがくは　とおいので　あるいて　いきます。
3　だいがくは　とおいですが、あるいても　いけます。
4　だいがくは　とおいので、あるいて　いきません。

32 ヤンさんは　かわださんに　にほんごを　ならいました。

1 ヤンさんや　かわださんに　にほんごを　おしえました。

2 かわださんは　ヤンさんに　にほんごを　おしえました。

3 かわださんは　ヤンさんに　にほんごで　はなしました。

4 ヤンさんは　かわださんに　にほんごで　はなしました。

33 りょうしんは　どこに　すんで　いますか。

1 きょうだいは　どこに　すんで　いますか。

2 おじいさんと　おばあさんは　どこに　すんで　いますか。

3 おとうさんと　おかあさんは　どこに　すんで　いますか。

4 かぞくは　どこに　すんで　いますか。

答對：

／32 題

言語知識（文法）・読解

もんだい 1　（　　）に 何(なに)を 入(い)れますか。1・2・3・4から いちばん いい ものを 一(ひと)つ えらんで ください。

（れい） これ （　　） わたしの かさです。

1 は　　2 を　　3 や　　4 に

（かいとうようし）

（れい）	● ② ③ ④

1 A「あなたは いま （　　） ですか。」

B「17 さいです。」

1 いくら　　2 いつ　　3 どこ　　4 いくつ

2 歩(ある)くと とおい （　　）、タクシーで 行(い)きましょう。

1 けれど　　2 のは　　3 ので　　4 のに

3 つくえの 上(うえ)には 本(ほん) （　　） じしょなどを おいて います。

1 も　　2 など　　3 や　　4 から

4 かれが 外国(がいこく)に 行(い)く ことは、だれも （　　）。

1 しりませんでした　　2 しっていました

3 しっていたでしょう　　4 しりました

5 自転車(じてんしゃ)が こわれたので、新(あたら)しい （　　） かいました。

1 のを　　2 のが　　3 のに　　4 ので

6 この かびん （　　）、あの かびんの ほうが いいです。

1 なら　　2 でも　　3 から　　4 より

7 へやの　そうじを　して（　　　）出(で)かけます。

1　から　　2　まで　　3　ので　　4　より

8 弟(おとうと)は　今日(きょう)　かぜ（　　　）ねて　います。

1　を　　2　ので　　3　で　　4　へ

9 これから　かいもの（　　　）行(い)きます。

1　を　　2　に　　3　が　　4　は

10 もっと（　　　）ひろい　へやに　すみたいです。

1　しずかなら　　2　しずかだ　　3　しずかに　　4　しずかで

11 たんじょうびに、おいしい　ものを　たべ（　　　）のんだり　しもした。

1　たり　　2　て　　3　たら　　4　だり

12 A「日曜日(にちようび)は　どこかへ　行(い)きましたか。」
B「いいえ、（　　　）行(い)きませんでした。」

1　どこへ　　2　どこへも　　3　どこかへも　　4　だれも

13 A「赤(あか)い　目(め)を　して　いますね。ゆうべは　何時(なんじ)に　寝(ね)ましたか。」
B「ゆうべは（　　　）勉強(べんきょう)しました。」

1　寝(ね)なくて　　2　寝(ね)たくて　　3　寝(ね)てより　　4　寝(ね)ないで

14 A「（　　　）りょこうしますか。」
B「来年(らいねん)の　3月(がつ)です。」

1　いつ　　2　どうして　　3　何(なに)を　　4　どこで

15 テレビ（　　　）ニュースを　見(み)ます。

1　に　　2　から　　3　で　　4　には

16 テーブルの　上(うえ)に　おはしが　ならべて（　　　）。

1　おります　　2　います　　3　きます　　4　あります

もんだい2　＿★＿に　入（はい）る　ものは　どれですか。1・2・3・4から　いちばん　いい　ものを　一（ひと）つ　えらんで　ください。

（もんだいれい）

A「＿＿＿　＿＿＿　＿★＿　＿＿＿か。」
B「あの　かどを　まがった　ところです。」
2　どこ　　3　こうばん　　1　は　　4　です

（こたえかた）

1. ただしい　文（ぶん）を　つくります。

A「＿＿＿　＿＿＿　＿★＿　＿＿＿か。」
　2 こうばん　3 は　1 どこ　4 です
B「あの　かどを　まがった　ところです。」

2. ＿★＿に　入（はい）る　ばんごうを　くろく　ぬります。

（かいとうようし）　|（れい）| ● ② ③ ④ |

17　A「これは、＿＿＿　＿★＿　＿＿＿　＿＿＿ですか。」
B「クジャクです。」
1　鳥（とり）　　2　いう　　3　と　　4　なん

18　A「駅（えき）は　どこですか。」
B「しらないので、交番（こうばん）で　＿＿＿　＿＿＿　＿★＿　＿＿＿ませんか。」
1　に　　2　おまわりさん　　3　ください　　4　聞（き）いて

19　A「この　とけいの　じかんは　ただしいですか。」
B「いいえ、＿＿＿　＿★＿　＿＿＿　＿＿＿。」
1　います　　2　ぐらい　　3　おくれて　　4　3分

20 A「春と　秋では　どちらが　すきですか。」

B「春　＿＿＿　＿＿＿　＿★＿　＿＿＿　すきです。」

1　秋の　　2　より　　3　ほう　　4　が

21 （くだもの屋で）

女の人「めずらしい　くだものは　ありますか。」

店の人「これは　＿＿＿　＿★＿　＿＿＿　＿＿＿　くだものです。」

1　に　　2　ない　　3　は　　4　日本

もんだい3　［22］から［26］に　何を　入れますか。ぶんしょうの　いみを　かんがえて、1・2・3・4から　いちばん　いい　ものを　一つ　えらんで　ください。

日本で　べんきょうして　いる　学生が　「こわかった　こと」に　ついて　ぶんしょうを　書いて、クラスの　みんなの　前で　読みました。

> 6さいの　とき、わたしは　父に　自転車の　乗り方を　［22］。わたしが　小さな　自転車の　いすに　すわると、父は　自転車の　うしろを　もって、自転車［23］　いっしょに　走ります。そうして、何回も　何回も　練習しました。
>
> 少し　［24］　なった　ころ、わたしが　自転車で　［25］　うしろを　向くと、父は　わたしが　知らない　間に　手を　はなして　いました。それを　知った　とき、わたしは　とても　［26］です。

22

1　おしえました　　2　しました
3　なれました　　4　ならいました

23

1　と　　2　に　　3　を　　4　は

24

1　じょうずな　　2　じょうずだ　　3　じょうずに　　4　じょうずで

25

1　走ったら　　2　走りながら　　3　走ったほうが　　4　走るより

26

1　こわい　　2　こわくて　　3　こわかった　　4　こわく

もんだい４　つぎの (1) から　(3) の　ぶんしょうを　読んで、しつもんに　こたえて　ください。こたえは、1・2・3・4から　いちばん　いい　ものを　一つ　えらんで　ください。

(1)

わたしには、姉が　一人　います。姉も　わたしも　ふとって　いますが、姉は　背が　高くて、わたしは　低いです。わたしたちは　同じ　大学で、姉は　英語を、わたしは　日本語を　べんきょうして　います。

27　まちがって　いるのは　どれですか。

1　二人とも　ふとって　います。
2　同じ　大学に　行って　います。
3　姉は　大学で　日本語を　べんきょうして　います。
4　姉は　背が　高いですが、わたしは　低いです。

(2)

5さいの　ゆうくんと　お母(かあ)さんは、スーパーに　買(か)い物(もの)に　行(い)きました。しかし　お母(かあ)さんが　買(か)い物(もの)を　して　いる　ときに、ゆうくんが　いなく　なりました。ゆうくんは　みじかい　ズボンを　はいて、ポケットが　ついた　白(しろ)い　シャツを　きて、ぼうしを　かぶって　います。

28　ゆうくんは、どれですか。

(3)

大学で　英語を　べんきょうして　いる　お姉さんに、妹の　真矢さんから　次の　メールが　来ました。

> **お姉さん**
>
> **わたしの　友だちの　花田さんが、弟に　英語を　教える　人を　さがして　います。お姉さんが　教えて　くださいませんか。**
>
> **花田さんが　まって　いますので、今日中に　花田さんに　電話を　して　ください。**
>
> **真矢**

29　お姉さんは、花田さんの　弟に　英語を　教えるつもりです。どうしますか。

1　花田さんに　メールを　します。
2　妹の　真矢さんに　電話を　します。
3　花田さんに　電話を　します。
4　花田さんの　弟に　電話を　します。

もんだい５　つぎの　ぶんしょうを　読んで、しつもんに　こたえて　ください。こたえは、１・２・３・４から　いちばん　いい　ものを　一つ　えらんで　ください。

わたしの　友だちの　アリさん　は　３月に　東京の　大学を　出て、大阪の　会社に　つとめます。

アリさんは、３年前　わたしが　日本に　来た　とき、いろいろと　教えて　くれた　友だちで、今まで　同じ　アパートに　住んで　いました。アリさんが　もう　すぐ　いなく　なるので、わたしは　とても　さびしいです。

アリさんが、「大阪は　あまり　知らないので、困って　います。」と　言って　いたので、わたしは　近くの　本屋さんで　大阪の　地図を　買って、それを　アリさんに　プレゼントしました。

30　友だちは　どんな　人ですか。

1　大阪の　同じ　会社に　つとめて　いた　人
2　同じ　大学で　いっしょに　べんきょうした　人
3　日本の　ことを　教えて　くれた　人
4　東京の　本屋さんに　つとめて　いる　人

31　「わたし」は　アリさんに、何を　プレゼントしましたか。

1　本を　プレゼントしました。
2　大阪の　地図を　プレゼントしました。
3　日本の　地図を　プレゼントしました。
4　東京の　地図を　プレゼントしました。

もんだい6 右の ページを 見て、下の しつもんに こたえて ください。こたえは、1・2・3・4から いちばん いい ものを 一つ えらんで ください。

32 *新聞販売店から 中山さんの へやに *古紙回収の お知らせが きました。中山さんは、31 日の 朝、新聞紙を 回収に 出すつもりです。中山さんの へやは、アパートの 2階です。

正しい 出し方は どれですか。

＊新聞販売店：新聞を売ったり、家にとどけたりする店。
＊古紙回収：古い新聞紙を集めること。トイレットペーパーとかえたりしてくれる。

1 自分の へやの 前の ろうかに 出す。
2 1階の 入り口に 出す。
3 1階の 階段の 下に 出す。
4 自分の へやの ドアの 中に 出す。

毎朝新聞 古紙回収のお知らせ

31日朝9時までに
出してください。

トイレットペーパーとかえます。

（古い新聞紙10～15ｋｇで、トイレットペーパー１個。）

● このお知らせにへや番号を書いて、新聞紙の上にのせて出してください。

● アパートなどにすんでいる人は、１階の入り口まで出してください。

【へや番号】

聴解

T3-1 ～ 3-8

もんだい 1

もんだい１では、はじめに　しつもんを　きいて　ください。それから　はなしを　きいて、もんだいようしの　１から４の　なかから、いちばん　いい　ものを　ひとつ　えらんで　ください。

れい

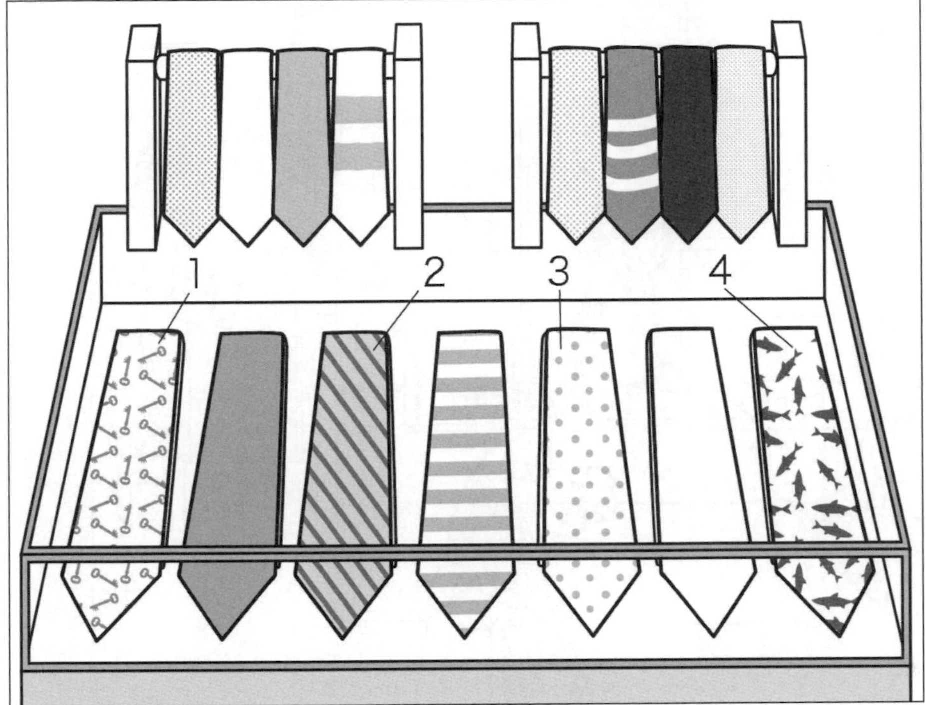

2ばん

1　ぎんこう

2　いえのまえのポスト

3　ゆうびんきょく

4　ぎんこうのまえのポスト

3ばん

4ばん

1　でんしゃ

2　あるきます

3　じてんしゃ

4　タクシー

5ばん

1　ほんをよみます

2　かいものに行きます

3　きゃくをまちます

4　おちゃのよういをします

6ばん

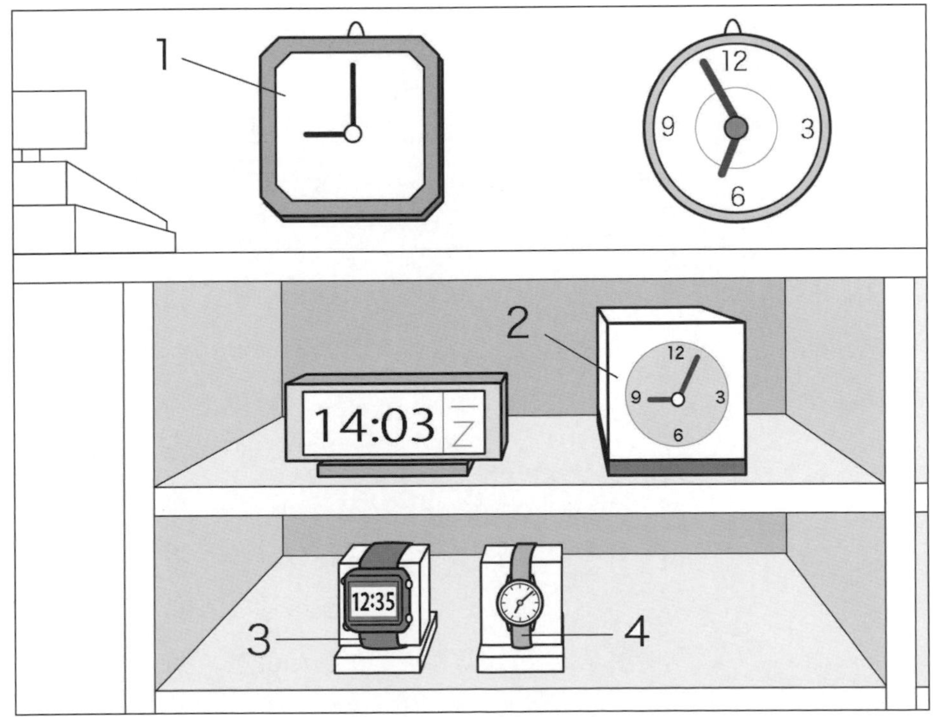

7ばん

1　くろのえんぴつ

2　あおのまんねんひつ

3　くろのボールペン

4　あおのボールペン

もんだい２

T3-9～3-15

もんだい２では、はじめに　しつもんを　きいて　ください。それから　はなしを　きいて、もんだいようしの　１から４の　なかから、いちばん　いい　ものを　ひとつ　えらんで　ください。

れい

1　自分の家

2　会社の近くのえき

3　レストラン

4　おかし屋

1ばん

1　くつをはきます

2　スリッパをはきます

3　スリッパをぬぎます

4　くつしたをぬぎます

2ばん

1　せんせい

2　さいふ

3　おかね

4　いれもの

回數

1

2

3

3ばん

1　のみものをのみたいです

2　たばこをすいたいです

3　にわをみたいです

4　おすしをたべたいです

4ばん

5ばん

1　3ねんまえ

2　2ねんまえ

3　きょねんのあき

3　ことしのはる

6ばん

1　おいしくないから

2　たかいから

3　おとこのひとがネクタイをしめていないから

4　えきの近くのしょくどうのほうがおいしいから

もんだい３

T3-16～3-21

もんだい３では、えを　みながら　しつもんを　きいて　ください。
➡（やじるし）の　ひとは、なんと　いいますか。１から３の　なかから、いちばん　いい　ものを　ひとつ　えらんで　ください。

れい

1ばん

2ばん

3ばん

4ばん

回數 1 2 3

5ばん

もんだい４

T3-22～3-28

もんだい４は、えなどが　ありません。ぶんを　きいて、１から３の　なかから、いちばん　いい　ものを　ひとつ　えらんで　ください。

―　メモ　―

解答

第 1 回 正答表

●言語知識（文字・語彙）

問題 1

1	2	3	4	5	6	7	8	9	10
2	1	3	3	3	4	1	4	2	3

問題 2

11	12	13	14	15	16	17	18
4	2	1	2	3	1	4	2

問題 3

19	20	21	22	23	24	25	26	27	28
2	1	3	1	3	4	1	3	1	3

問題 4

29	30	31	32	33
2	3	4	2	4

●言語知識（文法）・読解

問題 1

1	2	3	4	5	6	7	8	9	10
2	1	4	1	3	4	2	1	2	4

11	12	13	14	15	16
1	2	4	2	3	4

問題 2

17	18	19	20	21
3	4	2	1	2

問題 3

22	23	24	25	26
3	1	3	4	2

問題 4

27	28	29
2	3	2

問題 5

30	31
2	4

問題 6

32
4

●聴解

問題 1

例	1	2	3	4	5	6	7
3	4	4	3	3	3	1	4

問題 2

例	1	2	3	4	5	6
2	1	2	1	2	3	3

問題 3

例	1	2	3	4	5
3	1	1	1	1	3

問題 4

例	1	2	3	4	5	6
1	2	1	2	2	1	2

第 2 回 正答表

●言語知識（文字・語彙）

問題 1

1	2	3	4	5	6	7	8	9	10
3	2	2	4	3	4	2	4	2	3

問題 2

11	12	13	14	15	16	17	18
3	2	4	2	3	1	4	2

問題 3

19	20	21	22	23	24	25	26	27	28
4	1	3	1	2	4	1	3	1	4

問題 4

29	30	31	32	33
4	3	4	2	1

●言語知識（文法）・読解

問題 1

1	2	3	4	5	6	7	8	9	10
2	1	4	3	3	3	2	1	4	3

11	12	13	14	15	16
1	2	4	2	1	4

問題 2

17	18	19	20	21
4	2	2	1	1

問題 3

22	23	24	25	26
1	2	4	3	2

問題 4

27	28	29
1	1	3

問題 5

30	31
4	3

問題 6

32
2

●聴解

問題 1

例	1	2	3	4	5	6	7
3	4	4	3	4	3	4	4

問題 2

例	1	2	3	4	5	6
2	2	2	3	4	1	2

問題 3

例	1	2	3	4	5
3	1	2	3	1	2

問題 4

例	1	2	3	4	5	6
1	1	2	1	3	1	3

第 3 回 正答表

言語知識（文字・語彙）

問題 1

1	2	3	4	5	6	7	8	9	10
3	1	2	4	3	4	2	1	2	3

問題 2

11	12	13	14	15	16	17	18
3	2	4	2	3	1	4	2

問題 3

19	20	21	22	23	24	25	26	27	28
4	1	2	1	2	4	1	3	1	2

問題 4

29	30	31	32	33
4	3	4	2	3

●言語知識（文法）・読解

問題 1

1	2	3	4	5	6	7	8	9	10
4	3	3	1	1	4	1	3	2	4

11	12	13	14	15	16
1	2	4	1	3	4

問題 2

17	18	19	20	21
3	4	2	3	1

問題 3

22	23	24	25	26
4	1	3	2	3

問題 4

27	28	29
3	4	3

問題 5

30	31
3	2

問題 6

32
2

●聴解

問題 1

例	1	2	3	4	5	6	7
3	1	3	2	4	2	3	4

問題 2

例	1	2	3	4	5	6
2	3	2	2	4	3	3

問題 3

例	1	2	3	4	5
3	1	2	3	2	1

問題 4

例	1	2	3	4	5	6
1	2	2	2	1	1	2

JLPTN5

解答(かいとう)と解説(かいせつ)

STS

第1回 言語知識（文字・語彙） 問題1 P16-17

1

解答	2
題目翻譯	**吃了兩顆蘋果。**
解說	「二」純粹作數字時，通常用音讀，唸作「に」，但後面接著「つ」表示數量，要用訓讀唸作「ふた」。

2

解答	1
題目翻譯	**可以幫忙招一輛計程車嗎？**
解說	像動詞等有語尾活用變化的字，唸法通常是訓讀，「呼ぶ」讀作「よぶ」。

3

解答	3
題目翻譯	**朝南方徑直前進。**
解說	「南」當一個單字時用訓讀，唸作「みなみ」。

4

解答	3
題目翻譯	**請在三號之前來這裡。**
解說	日語中，以「日」表示天數、日期，讀音有些用訓讀「か」，有些則用音讀「にち」，「二日／ふつか（二號）」到「十日／とおか（十號）」的「日」都用訓讀。「三」純粹作數字時，通常用音讀，讀作「さん」，但後面搭配以訓讀發音的量詞時，通常會用訓讀唸作「みっ」，所以「三日」要唸作「みっか」。

5

解答	3
題目翻譯	**你的房間真寬敞啊。**
解說	像形容詞等有語尾活用變化的字，唸法通常是訓讀，「広い」讀作「ひろい」。

6

解答	4
題目翻譯	**要拍照片了。「來，笑一個！」**
解說	「写」與「真」合起來，表示「照片」的意思，用音讀，唸作「しゃしん」。「写す（照相；描繪）」用訓讀，讀作「うつす」。另外，請注意「真」的寫法，跟中文的「真」略有不同。

7

解　答	1
題目翻譯	**池塘裡有紅色的魚正在游水。**
解　說	「池」當一個單字時用訓讀，唸作「いけ」。音讀唸作「ち」，如「電池／でんち（電池）」。請留意「池」的寫法，跟中文的「池」略有不同。

8

解　答	4
題目翻譯	**在日本，行人靠道路的右邊行走。**
解　說	「道」當一個單字時用訓讀，唸作「みち」。音讀唸作「どう」，如「北海道／ほっかいどう（北海道）」。

9

解　答	2
題目翻譯	**只要拐過那個轉角後往前直走，就會到我的學校。**
解　說	「角」當一個單字，表示「轉角」的意思時，用訓讀，唸作「かど」。音讀唸作「かく」，如「三角／さんかく（三角）」。

10

解　答	3
題目翻譯	**我喜歡窄筒的褲子。**
解　說	有語尾活用變化的字，唸法通常是訓讀，「細い」讀作「ほそい」。「細かい（細小的；詳細的）」用訓讀，讀作「こまかい」。請注意「細」左半部的寫法，跟中文「細」左半部不同，要寫成「糸」才對。

第1回　言語知識（文字・語彙）　問題2　P18

11

解　答	4
題目翻譯	**領帶店的前面有電梯。**
解　說	留意長音的片假名表記「ー」及位置。還得小心別把片假名「レ」跟平假名「し」，或「エ」跟「ニ」搞混了。

12

解　答	2
題目翻譯	**茶就在桌上。**
解　說	「ちゃ」是漢字「茶」的音讀。意思與中文相同，但「茶」還有另一個音讀唸作「さ」，如「きっさてん／喫茶店（咖啡店）」。

13

解答 1

題目翻譯 **請打開門進去裡面。**

解說 「あく」是動詞「開く」的訓讀。答題時得注意，其他選項可能出現「閉」、「問」、「関」等相似漢字，別粗心看錯了。

14

解答 2

題目翻譯 **從山上掉下了岩石。**

解說 「いわ」是漢字「岩」的訓讀。背單字時，別把「いわ」混淆成假名相似的「いろ／色（顏色）」囉。

15

解答 3

題目翻譯 **步行到了鄰村。**

解說 「むら」是漢字「村」的訓讀。答題時得小心不要把「村」跟「材」看錯囉。

16

解答 1

題目翻譯 **敝姓田中。**

解說 「もうす」是動詞「申す」的訓讀。答題時請看清楚，其他選項可能出現「甲」、「由」等相似漢字，來混淆視聽。

17

解答 4

題目翻譯 **請將蘋果對半切開。**

解說 「はん」、「ぶん」分別是「半」、「分」兩字的音讀。這兩個字組合後的意思跟中文不太一樣，所以請特別留意。

18

解答 2

題目翻譯 **車站從我家過去很近。**

解說 「ちかい」是形容詞「近い」的訓讀。意思與中文相同，最好能與反義詞「とおい／遠い（遠的）」一起記。如果其他選項出現「返」等相似漢字，請小心不要看錯。

19

解答 2

題目翻譯 走路去會遲到，因此搭（計程車）去。

選項翻譯 1 附近　2 計程車　3 褲子　4 襯衫

解說 「～ので」表示理由，所以從前項的「あるくとおそくなる」，可以推論出要搭「タクシー」去。

20

解答 1

題目翻譯 我阿姨個頭嬌小又可愛，所以看起來格外（年輕）。

選項翻譯 1 年輕　2 大　3 熱　4 胖

解說 「形容詞く」可以用來修飾動詞。「ふとって（胖）」、「やせて（瘦）」等也可以說明「みえます」的狀況，但由前項「おばはちいさくてかわいい」來看，空格填入「わかく」句意才通順。

21

解答 3

題目翻譯 吃完東西以後馬上（刷）牙。

選項翻譯 1 洗　2 吹　3 刷　4 拔

解說 「はをみがく」是「刷牙」的意思。由前項「たべたあと」，推出空格應該要填入「みがきます」。

22

解答 1

題目翻譯 我家有三（輛）車。

選項翻譯 1 輛　2 支　3 座　4 個

解說 題目問的是量詞。在日語中，表示「くるま」的數量時，必須用「～だい」。

23

解答 3

題目翻譯 有不清楚的地方，儘管隨時（問）我。

選項翻譯 1 做　2 開始　3 問　4 知道

解說 從前項的「わからないとき」，可以對應到答案的「きいて」。句型「～てください」用在請求、指示或命令某人做某事。

24

解答	4
題目翻譯	**這台相機很舊了，所以想要一台比較（新的）。**
選項翻譯	1 **喜歡的**　2 **貴的**　3 **正確的**　4 **新的**
解說	句型「～がほしい」表示主詞或說話人想要某樣東西。從前項的「ふるい」，可以對應到答案的「あたらしい」。「あたらしいのが」的「の」是一個代替名詞，在這裡題指的是前面提過的「カメラ」。

25

解答	1
題目翻譯	**我想要查字詞的意思，請借我（辭典）。**
選項翻譯	1 **辭典**　2 **樂譜**　3 **地圖**　4 **剪刀**
解說	由前項「ことばのいみをしらべたい」，可以對應到答案「じしょ」。「動詞たい」表示主詞或說話人的願望。

26

解答	3
題目翻譯	**夏天每天都要（淋）浴。**
選項翻譯	1 **泡**　2 **戴**　3 **淋**　4 **吊掛**
解說	「シャワーをあびる」是「淋浴」的意思。因此，由「シャワー」可以對應到答案的「あびます」。

27

解答	1
題目翻譯	**我家的寵物是一隻小（狗）。**
選項翻譯	1 **狗**　2 **車**　3 **花**　4 **椅子**
解說	由前項的「ペット」可以對應到答案的「いぬ」。

28

解答	3
題目翻譯	**錢包掉在郵局的（前面）。**
選項翻譯	1 **下面**　2 **裡面**　3 **前面**　4 **上面**
解說	用「場所＋に」句型，可以人事物表示存在的場所。插圖中，錢包在郵局的前面，因此答案是「まえ」。

29

解答 2

題目翻譯 一年至少會去一趟海邊。

選項翻譯
1 一年會各去兩趟海邊。　2 每年至少會去一趟海邊。
3 每年至少會去兩趟海邊。　4 一年會去海邊很多趟。

解說 「時間＋に＋次數」表示某時間範圍內的次數。這一題的「１ねんに１かい」是解題關鍵，可以對應到答案句的「まいとし１かい」。另外，「１ねんに１かいは」的「は」暗示也有可能兩次以上、至少一次的意思。

30

解答 3

題目翻譯 今早我去散步了。

選項翻譯
1 昨天晚上我去散步了。　2 今天傍晚我去散步了。
3 今日上午我去散步了。　4 我早上總是會去散步。

解說 這一題的解題關鍵字是「けさ」，意思等於「きょうのあさ」。

31

解答 4

題目翻譯 家父從十年前開始在銀行做事。

選項翻譯
1 家父從十年前開始路經銀行。　2 家父從十年前開始利用銀行業務。
3 家父從十年前開始住在銀行附近。　4 家父從十年前開始在銀行工作。

解說 日語中，表示「在…工作」可以用「～につとめている」，或「～ではたらいている」，請注意兩者使用的助詞不同。題目句的「～につとめています」，可以對應到答案句的「～ではたらいています」。

32

解答 2

題目翻譯 我向來很健康。

選項翻譯
1 我經常生病。　2 我不太生病。　3 我並不健康。　4 我很膽小。

解說 句型「あまり～ない」是「不太…」的意思。題目句的「いつもげんき」，意思等於「あまりびょうきをしません」。

33

解答 4

題目翻譯 書會在後天之前歸還。

選項翻譯
1 書會在明天之前歸還。　2 書會在下週之前歸還。
3 書會在三天之內歸還。　4 書會在兩天之內歸還。

解說 「あさって」是解題關鍵字，意思等於「二日あと」。

第1回 言語知識（文法） 問題1 P23-25

1

解答 2

題目翻譯 **明天的派對請把朋友（都）一起帶來喔。**

解說 用副助詞「も」，表示累加、重複，中文可以翻譯成「…也…」、「都…」。由後項「いっしょに来てくださいね」來看，空格如果填入「は」、「を」或「に」，意思不合邏輯，所以答案是２。

2

解答 1

題目翻譯 **（往）東走就會到車站。**

解說 表示動作、行為的方向，可以用格助詞「へ」或「に」，但這一題的選項只出現「へ」，因此答案是１。

3

解答 4

題目翻譯 **A「今天（是）你的生日嗎？」**

B「是的。是八月十三日。」

解說 由「あなたのたんじょうびですか」可以推測「きょう」是句子的主題，所以由兩者關係可以解出答案。

4

解答 1

題目翻譯 **這麼困難的題目誰（都）不會做。**

解說 用句型「疑問詞＋も＋否定」，表示全面否定，中文可以翻譯成「都（不）…」。考慮到「だれ」與「できません」的關係，可以對應到答案。

5

解答 3

題目翻譯 **這種肉很貴，所以（只）買一點點。**

解說 用句型「しか＋否定」， 表示限定，是「只、僅僅」的意思。又，「～ので」表示理由，所以前項「このにくは高い」，可以對應到後項「少ししか買いません」，而解出答案。

6

解答 4

題目翻譯 **A「夜色真是（靜謐）哪。」**

B「是呀，蟲兒在院子裡叫著。」

解說 形容動詞後接名詞時，必須把詞尾「だ」改成「な」，所以答案是４，表示用「しずかな」修飾後面的「夜」。

7

解答 2

題目翻譯 **A「你想去哪個國家呢？」**

B「我想去瑞士或是奧地利。」

解說 「スイス（瑞士）」和「オーストリア（奧地利）」這兩個單字比較難，但可以由前句的「どこのくに」推測兩者是國名。又，後項出現「～に行きたいです」，所以句子可能想表達「兩國都想去」或「想去其中一國」。但沒有「と」的選項，因此排除前者的可能性。以日語表達「想去其中一國」的意思，用副助詞「か」，表示在幾個當中，任選其中一個，中文可以翻譯成「或…」。

8

解答 1

題目翻譯 **天氣這麼冷，明天（應該會下）雪吧。**

解說 從「あした」知道時態是未來式，可以先刪除選項４。「～でしょう」伴隨降調，表示說話者的推測，前接動詞時要用動詞普通形，中文可以翻譯成「大概…吧」。選項２跟３接續用法錯誤，因此答案是１。

9

解答 2

題目翻譯 **天氣一轉涼，就不能（在）海裡游泳了。**

解說 表示動作進行的場所，用格助詞「で」，是「在…」的意思。考慮到「うみ」與「およげません」的關係，可以對應到答案。

10

解答 4

題目翻譯 **A「請問你一個月買幾本雜誌呢？」**

B「我（不）太（買）雜誌。」

解說 用句型「あまり＋否定」，表示程度不特別高，數量不特別多，中文可以翻譯成「不太…」。由「あまり」可以對應到答案。

11

解答 1

題目翻譯 **A「這是誰的書呢？」**

B「山口同學（的）。」

解說 準體助詞「の」後面可以省略前面出現過，或無須說明談話者都能理解的名詞，避免一再重複。這邊的「の」後面被省略的是前句提到的「本」。

文法 1 2 3 CHECK 1 2 3

12

解答　2

題目翻譯　**A「十點以前會抵達東京嗎？」**

B「因為班機延遲，所以（大概）沒辦法在十點以前到吧。」

解說　「～でしょう」伴隨降調，表示說話者的推測，常和「たぶん」一起使用。如果空格填入「どうして（是什麼）」、「もし（假如）」及「かならず（一定）」，意思不合邏輯，所以答案是２。

13

解答　4

題目翻譯　**中山「大田小姐，那個皮包真漂亮呀！已經用很久了嗎？」**

大田「不是的，上星期（買的）。」

解說　從「先週」知道時態是過去式，因此空格不會是選項１。又，由表示否定的「いえ」可以刪去選項２。最後，就句意邏輯來判斷，空格填入「かいました」，意思才通順。

14

解答　2

題目翻譯　**A「下回要不要一起爬山呢？」**

B「好耶！我們一起去（爬山吧）！」

解說　以「動詞ます形＋ましょう」的形式，表示勸誘對方跟自己一起做某事。又，當對方提出「～ませんか」或「～ましょうか」的邀約、提議時，可以用「～ましょう」作為同意的回應。由前句的「のぼりませんか」可以對應到答案。

15

解答　3

題目翻譯　**這裡有買好的明信片，請自行取用。**

解說　用「他動詞＋てあります」，表示抱著某個目的、有意圖地去執行，當動作結束之後，已完成動作的結果持續到現在。由後項的「どうぞつかってください」，可以推出前項「買好明信片」的狀態持續到現在，因此答案是３。

16

解答　4

題目翻譯　**夜空中（有著）一輪明月。**

解說　用「自動詞＋ています」，表示跟目的、意圖無關的某個動作結果或狀態，仍持續到現在。由「でる」是自動詞，可以對應到答案。

17

解答 3

正確語順 リン「そうですね、たいてい ゴルフを して います。」

題目翻譯 **中山「林小姐在假日會做些什麼呢？」**

林「讓我想想，通常都去打高爾夫球。」

解說 「打高爾夫球」日語用「ゴルフをする」，這時的「ゴルフ」是目的語，是「する」動作所涉及的對象。又，句型「動詞＋ています」，表示有從事某行為動作的習慣。因此，推出空格正確語順是「ゴルフをしています」，知道★處是3。

18

解答 4

正確語順 大島「その 赤い りんごを 5こ ください。」

題目翻譯 **（在蔬果店裡）**

大島「請給我那種紅蘋果五顆。」

店員「好的，這個給您。」

解說 購物或向對方要求某物時，可以用句型「名詞＋を＋數量＋ください」。又，形容詞修飾名詞時，會直接放名詞前面。因此，知道★處應該要填入「りんご」。

19

解答 2

正確語順 B「はい、とても げんきで 大学に 行って います。」

題目翻譯 **A「你哥哥好嗎？」**

B「是的，他非常好，天天去大學上課。」

解說 表示動作的方向、行為的目的地，用格助詞「に」或「へ」。又，表示在某種狀態、情況下做後項事情，用格助詞「で」。因此，推出空格正確語順是「げんきで大学に」，知道★處是2。

20

解答 1

正確語順 つくえの 上に 本や ノートなどが あります。

題目翻譯 **桌上有書本和筆記本等等物品。**

解說 用句型「～に～があります」，表示某處存在無生命事物，得出第四格是3。用句型「～や～など」，表示舉出幾項，但並未全部說完，中文可以翻譯成「…和…等等」。因此，可以推出「など」、「本や」、「ノート」正確順序是「本やノートなど」，知道★處應該要填入「など」。

21

解　答	2
正確語順	女の人「やわらかくて　おいしい　パンは　ありますか。」
題目翻譯	（在麵包店裡） 女士「請問有香軟又好吃的麵包嗎？」 店員「有喔。」
解　說	當連接兩個形容詞時，必須將前面的形容詞詞尾「い」改成「く」，再接上「て」。因此，連接「やわらかい」、「おいしい」後，就是「やわらかくておいしい」，表示屬性的並列。而形容詞修飾名詞時，會直接放名詞前面。又，「は」可以表示句子主題。因此，知道★處應該要填入「おいしい」。

第1回　言語知識（文法）　問題3　P28

文章翻譯

在日本留學的學生以〈我的家庭〉為題名寫了一篇文章，並且在班上同學的面前誦讀給大家聽。

我的家人包括父母、我、妹妹共四個人。我爸爸是警察，每天都工作到很晚，連星期天也不常在家裡。我媽媽的廚藝很好，媽媽做的焗烤料理全家人都說好吃。等我回國以後，想再吃一次媽媽做的焗烤料理。

由於妹妹長大了，媽媽便開始在附近的超級市場裡工作。我妹妹雖然還是個中學生，但是從小就學鋼琴，所以現在已經彈得比我還好了。

22

解　答	3
解　說	由「おそく」和「仕事」來推測，以表示時間終點的「まで」最為適切。這個「おそく」是用形容詞「おそい」的連用形當作名詞來使用，如同從「近い」衍生出來的名詞「近く」一樣。

23

解　答	1
選項翻譯	1　（有生命的動物）不在　　2　（有生命的動物）在 3　（無生命物或植物）有　　4　（無生命物或植物）沒有
解　說	「あまり」的後面加否定，表示程度不高。此外，由於話題談到的是「父」，因此不可以用「ある」而應該用「いる」。

24

解　答	3
選項翻譯	1　吃　　2　希望你吃　　3　想吃　　4　吃了
解　說	後面可以接「です」的只有選項2和3而已。由文脈來考量，這裡應該用表示期望的「動詞たい」才合適。如果是「食べてほしい」，表示希望別人吃，而不是自己吃。

25

解　答　4

選項翻譯　1　辭掉　　2　開始　　3　休息　　4　開始

解　說　「～ので」表示原因、理由，所以要選由前項所推論的結果或結論。這裡要注意到是，自動詞與他動詞的不同用法。由於空格前面寫的是「仕事を」，因此以他動詞的選項4最為適切。如果用「はじまる」，前面不能用「を」，要改成「仕事がはじまりました」，但如此一來，開始工作就不是出於母親個人的意志，這樣上下文就說不通了。

26

解　答　2

選項翻譯　1　那麼　　2　比…　　3　但是　　4　只有

解　說　空格要填入表示比較基準的詞語。在這一句中，雖然缺少句型「より～ほう」的「～ほう」，但意思是「わたしより妹のほうが（我妹妹比我……）」。

第1回　読解　問題4　P29-31

27

解　答　2

文章翻譯　(1)

今天因為上午學校的考試結束了，所以在吃完午餐之後就回家練習鋼琴了。明天朋友要來我家一起看看電視、聽聽音樂。

題目翻譯　**「我」今天下午做了什麼呢？**

選項翻譯

1　在學校考了試。

2　彈了鋼琴。

3　和朋友看了電視。

4　和朋友聽了音樂。

解　說　(1)的文章是由兩個句子所組合而成的。以內容來看，可以分成三個部分：

①今日上午有考試

②吃完午餐之後就回家練習鋼琴了

③明天朋友要來我家

題目中的「今日の午後」，等同於文章中的「昼ごはんを食べたあと」。和②描述近似內容的是選項2。至於選項1等同於①，而選項3和4則將③描述成已經結束的事了。

28

解　答　3

文章翻譯　(2)

我的家人圍著圓桌吃飯。我爸爸坐在大椅子上，坐在爸爸右邊的是我，左邊是我弟弟。媽媽坐在爸爸的前面。全家人和樂融融地一邊交談一邊吃飯。

題目翻譯　**「我」的家人是哪一張圖片呢？**

解　說　這裡要用刪去法解題。首先，由於是「まるいテーブル」，因此選項１和４不對。而「父は大きないすにすわり」，選項２和３都符合。接著，「父の右側にわたし、左側に弟がすわります」，因此媽媽坐在爸爸右邊的選項２被剔除，如此一來，正確答案就是選項３了。這裡要注意的是，左右邊的描述方式，並不是依照看著圖畫的讀者視線而定，而是由圍坐在桌前的人們的角度來敘述的。因此，可能要花一些時間來思考，不過選項２裡出現一個可能是「わたし」的人物坐在「父」的對面，這是一條很好的線索。還有，再接著看文章的後續描述，「父の前には、母がすわり」也和選項３的圖吻合。

29

解　答　2

文章翻譯　(3)

中田同學的桌上有一張松本老師留言的紙條。

中田同學

請把這張地圖影印五十份以供明天課程之用。其中的二十四張請發給全班一人一張，剩下的二十六張請放在老師的桌上。

松本

題目翻譯　**請問中田同學影印地圖並發給了全班同學之後，接下來該做什麼呢？**

選項翻譯

1　**把二十六張帶回家裡。**

2　**把二十六張放在老師桌上。**

3　**再加發給每個同學一張。**

4　**把五十張放在老師桌上。**

解　說　這張紙條是由三個句子所組合而成的。題目裡提到的「幫老師影印地圖」出現在紙條的第一句裡，而「發給全班同學」則相當於第二句。因此，在發給同學以後要做的事，也就在第三句裡面。紙條和選項２的敘述大致相同，應該很容易就能答對了。

文章翻譯

昨天是祖母的生日。祖母是我爸爸的母親，雖然已經高齡九十歲了，但還是非常硬朗。每天爸媽去上班、我和弟弟去上學以後，祖母就在家裡打掃、洗衣服以及做晚飯，忙著做家事。

祖母生日那天，媽媽做了祖母喜歡的菜餚，爸爸送了一台新的收音機當作禮物，我和弟弟買來蛋糕，插上了九根蠟燭。

由於祖母喝了一點酒，臉都變紅了，但是她非常開心。希望祖母往後依然永遠老當益壯。

30

解答 2

題目翻譯 **在祖母的生日這天，爸爸做了什麼事呢？**

選項翻譯

1 **做了祖母喜歡的菜餚。**

2 **送了一台新的收音機當作禮物。**

3 **買了生日蛋糕。**

4 **買了祖母喜歡的酒。**

解說

這篇文章的結構如下：
第一段：昨天是祖母的生日，以及介紹祖母
第二段：家人個別為祖母做了什麼事
第三段：祖母看起來很高興，希望祖母往後永遠老當益壯
其中，家人各別為祖母做了什麼事寫在第二段裡。爸爸做的事情是第二句。文章中的敘述和選項２幾乎完全相同，應該很容易就能答對了。

31

解答 4

題目翻譯 **我和弟弟買來蛋糕以後，怎麼處理呢？**

選項翻譯

1 **切了蛋糕。**

2 **將插在蛋糕上的蠟燭點燃了。**

3 **在蛋糕上插了九十根蠟燭。**

4 **插在蛋糕上插了九根蠟燭。**

解說

同樣地，文章中包含下加底線部分的句子，與選項４的敘述幾乎一模一樣，應該很容易就能答對了。此外，「ろうそく」和「立てる」的難度超出N5等級，現在還不用記起來。

通知單

山貓宅配

吉田先生

我們於6月12日下午3點送貨至府上，但是無人在家。我們會再次配送，請撥打下列電話，告知您希望配送的日期與時間的代號。

電話號碼０１２０－〇××－△××

〇首先是您希望配送的日期
請按下4個號碼。
例如 3月15日→０３１５

〇接著是您希望配送的時間
請由下方時段選擇一項，按下代號。
【１】上午
【２】下午1點～3點
【３】下午3點～6點
【４】下午6點～9點
例如 您希望在3月15日的下午3點至6點配送到貨：
→０３１５３

32

解答 4

題目翻譯 **吉田先生在下午六點回到家後，收到了如下的通知。**

如果吉田先生希望在明天下午六點多左右收到包裹的話，應該要撥電話到０１２０－〇××－△××，接著再按什麼號碼呢？

選項翻譯 1 06124　2 06123　3 06133　4 06134

解說 根據「お知らせ」，今天是六月十二日。希望送達的日子是明天，因此首先按下希望送達日期的「0613」。緊接著，希望送達的時間是下午六點以後，因此再按下「4」。

第1回 聴解 問題1 P34-38

1

解答 4

聴解內文

男の人と女の人が話しています。女の人は、どれを取りますか。

M：今井さん、カップを取ってくださいませんか。

F：これですか。

M：それはお茶碗でしょう。コーヒーを飲むときのカップです。

F：ああ、こっちですね。

M：ええ、同じものが3個あるでしょう。2個取ってください。2時にお客さんが来ますから。

女の人は、どれを取りますか。

聴解翻譯

男士和女士正在交談。請問這位女士該拿哪一種呢？

M：今井小姐，可以麻煩妳拿杯子嗎？

F：是這個嗎？

M：那個是碗吧？我說的是喝咖啡用的杯子。

F：喔喔，是這一種吧？

M：對，那裡不是有相同款式的三只杯子嗎？麻煩拿兩個。因為客戶兩點要來。

請問這位女士該拿哪一種呢？

解　說

請用刪除法找出正確答案。首先，因為是「カップ」，所以不用考慮１和２。杯子雖然有三個，不過現在只需要兩個，所以正確解答是４。

2

解答 4

聴解內文

女の学生と男の学生が話しています。男の学生はこのあとどうしますか。

F：もう宿題は終わりましたか。

M：まだなんです。うちの近くの本屋さんには、いい本がありませんでした。

F：本屋さんは、まんがや雑誌などが多いので、図書館の方がいいですよ。先生に聞きました。

M：そうですね。図書館に行って本をさがします。

男の学生はこのあとどうしますか。

聽解翻譯　女學生和男學生正在交談。請問這位男學生之後會怎麼做呢？

F：你功課都寫完了嗎？

M：還沒有。因為我家附近的書店都沒有好書。

F：我聽老師說過，書店裡多半都只有漫畫和雜誌之類的，你最好還是去圖書館喔。

M：妳說得有道理，那我去圖書館找書吧。

請問這位男學生之後會怎麼做呢？

選項翻譯

1　去書店　　2　看漫畫和雜誌等等

3　去問老師　　4　去圖書館

解　說　男學生雖然去了書店，不過並沒有找到好書。所以他接受女學生的建議，要去圖書館。

3

解　答　3

聽解內文　女の人と男の人が話しています。二人は、いつ海に行きますか。

F：毎日、暑いですね。

M：ああ、もう7月7日ですね。

F：いっしょに海に行きませんか。

M：7月中は忙しいので、来月はどうですか。

F：13日の水曜日から、おじいさんとおばあさんが来るんです。

M：じゃあ、その前の日曜日の10日に行きましょう。

二人は、いつ海に行きますか。

聽解翻譯　女士和男士正在交談。請問他們兩人什麼時候要去海邊呢？

F：每天都好熱喔！

M：是啊，已經七月七號了嘛！

F：要不要一起去海邊呢？

M：我七月份很忙，下個月再去好嗎？

F：從十三號星期三起，我爺爺奶奶要來家裡。

M：那麼，就提早在十號的星期日去吧！

請問他們兩人什麼時候要去海邊呢？

選項翻譯

1　七月七號

2　七月十號

3　八月十號

4　八月十三號

解　說　因為提到「7月中は忙しいので、来月はどうですか」，所以之後接下來說的都是指八月期間的計畫。因為提到「日曜日の10日に行きましょう」，所以去的日子是八月十日。

4

解　答　3

聽解內文　女の人と男の人が話しています。女の人は、明日何時ごろ電話しますか。

F：明日の午後、電話したいんですが、いつがいいですか。

M：明日は、仕事が 12 時半までで、そのあと、午後の 1 時半にはバスに乗るから、その前に電話してください。

F：わかりました。じゃあ、仕事が終わってから、バスに乗る前に電話します。

女の人は、明日何時ごろ電話しますか。

聽解翻譯　**女士和男士正在交談。請問這位女士明天大約幾點會打電話呢？**

F：明天下午我想打電話給你，幾點方便呢？

M：明天我工作到十二點半結束，之後下午一點半前要搭巴士，所以請在那之前打給我。

F：我知道了。那麼，我會在你工作結束後、搭巴士之前打電話過去。

請問這位女士明天大約幾點會打電話呢？

選項翻譯　**1　十點　　2　十二點　　3　下午一點　　4　下午兩點**

解　說　男士比較方便的是十二點半開始到一點半為止的這段時間。

5

解　答　3

聽解內文　駅で、男の人が女の人に電話をかけています。男の人は、初めにどこに行きますか。

M：今、駅に着きました。

F：わかりました。では、5 番のバスに乗って、あおぞら郵便局というところで降りてください。15 分ぐらいです。

M：2 番のバスですね。郵便局の前の……。

F：いいえ、5 番ですよ。郵便局は降りるところです。

M：ああ、そうでした。わかりました。駅の近くにパン屋があるので、おいしいパンを買っていきますね。

F：ありがとうございます。では、郵便局の前で待っています。

男の人は、初めにどこに行きますか。

聽解翻譯 男士正在車站裡打電話給女士。請問這位男士會先到哪裡呢？

M：我剛剛到車站了。

F：好的。那麼，現在去搭五號巴士，請在一個叫作青空郵局的地方下車。大概要搭十五分鐘。

M：二號巴士對吧？是在郵局前面……。

F：不對，是五號喔！郵局是下車的地方。

M：喔喔，這樣喔，我知道了。車站附近有麵包店，我會買好吃的麵包帶過去的。

F：謝謝你。那麼，我會在郵局門口等你。

請問這位男士會先到哪裡呢？

解　說 男士現在在的地方是車站。接著要從車站前的五號公車站牌搭公車，在一個叫做青空郵局的公車站下車，和女士見面。不過，因為提到「駅の近くにパン屋があるので、おいしいパンを買っていきますね」，所以在搭公車之前會先去麵包店。

6

解　答 1

聽解內文 男の人と女の人が話しています。男の人はどれを使いますか。

M：行ってきます。

F：えっ、上に何も着ないで出かけるんですか。

M：ええ、朝は寒かったですが、今はもう暖かいので、いりません。

F：でも、今日は午後からまた寒くなりますよ。

M：そうですか。じゃ、着ます。

男の人はどれを使いますか。

聽解翻譯 男士和女士正在交談。請問這位男士會加穿哪一件呢？

M：我出門了。

F：嗄？你什麼外套都沒穿就要出門了嗎？

M：是啊，早上雖然很冷，可是現在已經很暖和，不用多穿了。

F：可是，今天從下午開始又會變冷喔！

M：這樣哦？那，我加衣服吧。

請問這位男士會加穿哪一件呢？

選項翻譯 1　外套　　2　口罩　　3　帽子　　4　手套

解　說 男士為了禦寒，上面會「着る」某樣東西。選項當中，只有外套可以使用「着る」這個動詞。如果是「マスク」，大多會用「マスクをする（戴口罩）」這個說法。其他也有人會說「マスクをつける（戴口罩）」。帽子只有「帽子をかぶる（戴帽子）」的說法。手套會說「手袋をする（戴手套）」或是「手袋をはめる（戴手套）」。

7

解　答　4

聽解內文

女の人と男の人が話しています。男の人は卵を全部で何個買いますか。

F：スーパーで卵を買ってきてください。

M：箱に10個入っているのでいいですか。

F：お客さんが来るので、それだけじゃ少ないです。

M：あと何個いるんですか。

F：箱に6個入っているのがあるでしょう。それもお願いします。

M：わかりました。

男の人は卵を全部で何個買いますか。

聽解翻譯

女士和男士正在交談。請問這位男士總共會買幾顆雞蛋呢？

F：麻煩你去超級市場幫忙買雞蛋回來。

M：買一盒十顆包裝的那種就可以嗎？

F：有客人要來，單買一盒不夠。

M：還缺幾顆呢？

F：不是有一盒六顆包裝的嗎？那個也麻煩買一下。

M：我知道了。

請問這位男士總共會買幾顆雞蛋呢？

選項翻譯

1　六顆　　2　十顆　　3　十二顆　　4　十六顆

解　說

關於「10個入っているの」，提到了「それだけじゃ少ない」，而對於「6個入っているの」，也說了「お願いします」，所以是十入裝的和六入裝的各買一盒。

第1回　聽解　問題2　P39-42

1

解　答　1

聽解內文

女の人が、男の人に話しています。女の人のねこはどれですか。

F：私のねこがいなくなったのですが、知りませんか。

M：どんなねこですか。

F：まだ子どもなので、あまり大きくありません。

M：どんな色ですか。

F：右の耳と右の足が黒くて、ほかは白いねこです。

女の人のねこはどれですか。

聽解翻譯 **女士和男士正在交談。請問這位女士的貓是哪一隻呢？**

F：我的貓不見了！您有沒有看到呢？

M：那隻貓長什麼樣子呢？

F：還是一隻小貓，體型不太大。

M：什麼顏色呢？

F：小貓的右耳和右腳是黑的、其他部位是白色。

請問這位女士的貓是哪一隻呢？

解　說 請用刪除法找出正確答案。因為有「あまり大きくありません」，所以刪除選項２和３。其次提到了「右の耳と右の足が黒くて、ほかは白いねこです」，所以正確解答是１。

2

解　答 2

聽解內文 女の人と男の人が話しています。男の人はどうして海が好きなのですか。

F：今年の夏、山と海と、どちらに行きたいですか。

M：海です。

F：なぜ海に行きたいのですか。泳ぐのですか。

M：いえ、泳ぐのではありません。おいしい魚が食べたいからです。

F：そうですか。私は山に行きたいです。山は涼しいですよ。それから、山にはいろいろな花がさいています。

男の人はどうして海が好きなのですか。

聽解翻譯 **女士和男士正在交談。請問這位男士為什麼喜歡海呢？**

F：今年夏天，你想要到山上還是海邊去玩呢？

M：海邊。

F：為什麼要去海邊呢？去游泳嗎？

M：不，不是去游泳，而是我想吃美味的鮮魚。

F：原來是這樣哦。我想要去山上。山裡很涼爽喔！還有，山上開著各式各樣的花。

請問這位男士為什麼喜歡海呢？

選項翻譯
1　**因為他喜歡游泳**
2　**因為魚很美味**
3　**因為很涼爽**
4　**因為開著各式各樣的花**

解　說 男士想去海邊的理由是「おいしい魚が食べたいから」。

3

解　答　1

聽解內文

男の人と女の人が話しています。男の人のお兄さんはどの人ですか。

M：私の兄が友だちと写っている写真です。

F：どの人がお兄さんですか。

M：白いシャツを着ている人です。

F：眼鏡をかけている人ですか。

M：いいえ、眼鏡はかけていません。本を持っています。兄はとても本が好きなのです。

男の人のお兄さんはどの人ですか。

聽解翻譯

男士和女士正在交談。請問這位男士的哥哥是哪一位呢？

M：這是我哥哥和朋友合拍的相片。

F：請問哪一位是你哥哥呢？

M：穿著白襯衫的那個人。

F：是這位戴眼鏡的人嗎？

M：不是，他沒戴眼鏡，而是拿著書。因為我哥哥非常喜歡看書。

請問這位男士的哥哥是哪一位呢？

解　說

請用刪除法找出正確答案。首先因為他是「白いシャツを着ている人」，所以刪掉選項３和４。其次，因為提到「眼鏡はかけていません」，所以刪掉選項２後，只剩下選項１。再加上提到「本を持っています」，所以可以確認答案是１。

4

解　答　2

聽解內文

男の人と女の人が話しています。女の人は、いつ、ギターの教室に行きますか。

M：おや、ギターを持って、どこへ行くのですか。

F：ギターの教室です。3年前からギターを習っています。

M：毎日、教室に行くのですか。

F：いいえ。火曜日の午後だけです。

M：家でも練習しますか。

F：仕事が終わったあと、家でときどき練習します。

女の人は、いつ、ギターの教室に行きますか。

聽解翻譯　男士和女士正在交談。請問這位女士什麼時候會去吉他教室呢？

M：咦？妳拿著吉他要去哪裡呢？

F：吉他教室。我從三年前開始學彈吉他。

M：每天都去教室上課嗎？

F：沒有，只有星期二下午而已。

M：在家裡也會練習嗎？

F：下班以後回到家裡有時會練習。

請問這位女士什麼時候會去吉他教室呢？

選項翻譯　1　每天　　2　星期二下午　　3　工作結束後　　4　有時候

解　說　因為有「毎日、教室に行くのですか」和「火曜日の午後だけです」，所以正確解答是２。

5

解　答　3

聽解內文　男の人と女の人が話しています。女の人は、日曜日の午後、何をしましたか。

M：日曜日は、何をしましたか。

F：雨が降ったので、洗濯はしませんでした。午前中、部屋の掃除をして、午後は出かけました。

M：へえ、どこに行ったのですか。

F：家の近くの喫茶店で、コーヒーを飲みながら音楽を聞きました。

M：買い物には行きませんでしたか。

F：行きませんでした。

女の人は、日曜日の午後、何をしましたか。

聽解翻譯　男士和女士正在交談。請問這位女士在星期天的下午做了什麼事呢？

M：你星期天做了什麼呢？

F：因為下了雨，所以沒洗衣服。我上午打掃房間，下午出門了。

M：是哦？妳去哪裡了？

F：到家附近的咖啡廳，一邊喝咖啡一邊聽音樂。

M：沒去買東西嗎？

F：沒去買東西。

請問這位女士在星期天的下午做了什麼事呢？

選項翻譯　1　洗了衣服　　2　打掃了房間　　3　去了咖啡廳　　4　買了東西

解　說　因為提到「午後は出かけました」、「どこに行ったのですか」、「家の近くの喫茶店」，所以正確解答是３。

6

解　答　3

聽解內文

男の留学生と女の学生が話しています。男の留学生が質問している字はどれですか。

M：ゆみこさん、これは「おおきい」という字ですか。

F：いえ、ちがいます。

M：それでは、「ふとい」という字ですか。

F：いいえ。「ふとい」という字は、「おおきい」の中に点がついています。でも、この字は「大きい」の右上に点がついていますね。

M：なんと読みますか。

F：「いぬ」と読みます。

男の留学生が質問している字はどれですか。

聽解翻譯

男留學生和女學生正在交談。請問這位男留學生正在詢問的字是哪一個呢？

M：由美子小姐，請問這個字是那個「大」字嗎？

F：不，不對。

M：那麼，是那個「太」字嗎？

F：不是，「太」那個字是「大」的裡面加上一點。不過，這個字是在「大」字的右上方加上一點喔。

M：那這個字怎麼讀呢？

F：讀作「犬」。

請問這位男留學生正在詢問的字是哪一個呢？

選項翻譯　1　大　　2　太　　3　犬　　4　天

解　說　「大きい」的右上方有一點，讀作「いぬ」的字是３。

第1回　聴解　問題3　P43-46

1

解　答　1

聽解內文

友だちが「ありがとう。」と言いました。何と言いますか。

F：1. どういたしまして。

2. どうしまして。

3. どういたしましょう。

聽解翻譯 **朋友說了「謝謝」。請問這時該說什麼呢？**

F：1．不客氣。

2．怎了麼嗎？

3．該怎麼做呢？

解　說 適用於聽到感謝時的回答只有選項 1 而已。

其他選項

2　不論在任何情況之下，都不會講這句話。

3　這個問的是對方的想法。

2

解　答 1

聽解內文 夜、道で人に会いました。何と言いますか。

M：1. こんばんは。

2. こんにちは。

3. 失礼します。

聽解翻譯 **晚間在路上遇到人了。請問這時該說什麼呢？**

M：1．晚上好。

2．午安。

3．打擾了。

解　說 適用於夜間的問候語只有選項 1 而已。

其他選項

2　這是用於中午至日落之間的問候語。

3　這是用於接下來要做什麼事時，事先打個招呼的致意語。比方要進入老師的辦公室時，或是要掛斷電話之前。

3

解　答 1

聽解內文 ご飯が終わりました。何と言いますか。

M：1. ごちそうさま。

2. いただきます。

3. すみませんでした。

聽解翻譯 **吃完飯了。請問這時該說什麼呢？**

M：1．吃飽了。

2．開動了。

3．對不起。

解　說 吃完東西之後的致意語是選項 1 。

其他選項

2　這是即將要開動時的致意語。

3　這是用來向人表示歉意。

4

解　答　1

聽解內文　映画館でいすにすわります。隣の人に何と言いますか。

M：1. ここにすわっていいですか。

2. このいすはだれですか。

3. ここにすわりましたよ。

聽解翻譯　**想要在電影院裡坐下。請問這時該向鄰座的人說什麼呢？**

M：1．請問我可以坐在這裡嗎？

2．請問這張椅子是誰呢？

3．我要坐在這裡了喔！

解　說　在非對號入座的電影院或美食廣場，想要向附近座位上的人請問旁邊的空位有沒有人坐的時候，可以使用選項１或者「ここ、あいてますか（請問這裡沒人坐嗎）」。假如換成是自己被問到的時候，可以回答「はい、どうぞ（是的，請坐）」或「すみません、連れが来るんです（不好意思，等下還有人會過來）」。近來的電影院多數是全廳對號入座，但還是有一些電影院是非對號入座的。

其他選項　２　由於「いす」不是人類，不能使用「だれ」的問法，因此這句話不論在任何情況下都是不合理的。假如問的是「このいすはだれのですか（請問這把椅子是誰的呢）」那麼就是正確的語句，但其語意是「請問這把椅子的擁有者／使用者是誰呢？」，而不是「請問現在有沒有人正在使用這把椅子呢？」，因此即使在語句中插入「の」，也不適用於這一題的情況。

３　這句話的文法雖然沒有錯誤，但很難想像會用在什麼樣的情況之下。

5

解　答　3

聽解內文　友だちと映画に行きたいです。何と言いますか。

M：1. 映画を見ましょうか。

2. 映画を見ますね。

3. 映画を見に行きませんか。

聽解翻譯　**你想要和朋友去看電影。請問這時該說什麼呢？**

M：1．我們來看電影吧！

2．要去看電影囉！

3．要不要去看電影呢？

解　說　選項１、２、３的前半段同樣都有「映画を見」，但是選項３的意思是一方面提出邀約，一方面將決定權交給對方，因此為最恰當的答案。

其他選項 1 「ましょうか」可以用於早前已經約定好，而且確定對方有很大的機率會同意自己的提議等的情況。因此，比方之前已經約好朋友來家裡玩，打算「先吃飯，然後再看電影」，而現在剛吃完飯，這時候就可以說「さて、映画を見ましょうか（那麼，我們來看電影吧）」。

2 「ね」是用於略微強調自己的意見，或者叮嚀對方，亦或表示受到感動的情況。譬如，「１か月に 20 本？　本当によく映画を見ますね（一個月看二十部？你還真常看電影呀）」或「休日には、よく映画を見ますね（我放假時經常看電影呢）」之類的情況。

第1回　聴解　問題4　P47

1

解　答 2

聴解內文

F：コーヒーと紅茶とどちらがいいですか。

M：1. はい、そうしてください。

2. コーヒーをお願いします。

3. どちらもいいです。

聴解翻譯

F：咖啡和紅茶，想喝哪一種呢？

M：1．好，麻煩你了。

2．麻煩給我咖啡。

3．哪一種都可以。

解　說 題目問的是二選一，只有選項２回答了其中之一。

其他選項 1 由於「どちら」表示從中選出其一，因此不能用「はい／いいえ」來回答。

3 「どちらも」的意思是「コーヒーと紅茶の両方とも（咖啡和紅茶兩種）」，而「いいです」具有兩種意義，第一種是指「兩種都想要」，第二種是指「兩種都不要」，但無論是哪一種，都不太適合用於回答。如果要表示「哪一種都可以」，應該說「どちらでもいいです」，意思是「咖啡也可以，紅茶也可以」（其隱含之意是所以交由對方代為決定即可）。

2

解　答 1

聴解內文

M：ここに名前を書いてくださいませんか。

F：1. はい、わかりました。

2. どうも、どうも。

3. はい、ありがとうございました。

聽解翻譯 **M：能不能麻煩您在這裡寫上名字呢？**

F：1．好，我知道了。

2．你好、你好！

3．好的，感謝你！

解　說 以答應對方央託的選項１最為恰當。

其他選項

2　這個說法語意曖昧，通常是「ありがとう（謝謝）」或「こんにちは（您好）」的替代用法。

3　這句話用於表示謝意。

3

解　答 2

聽解內文 M：どうしたのですか。

F：1. 財布(さいふ)がないからです。

2. 財布(さいふ)をなくしたのです。

3. 財布(さいふ)がなくて困(こま)ります。

聽解翻譯 **M：怎麼了嗎？**

F：1．因為錢包不見了。

2．我錢包不見了。

3．沒有錢包很困擾。

解　說 因為男士覺得女士的表情有點奇怪，問了她是怎麼回事，因此以說明情況的選項２為正確答案。

其他選項

1　由於「から」是當被問到「なぜ」或「どうして」等的時候，說明理由的用詞，因此與題目不符。

3　「困る」是用於接受自己心意方式的問題，因此與題目不符。

4

解　答 2

聽解內文 M：この車(くるま)には何人(なんにん)乗(の)りますか。

F：1. 私(わたし)の車(くるま)です。

2. 3人(にん)です。

3. 先(さき)に乗(の)ります。

聽解翻譯 **M：這輛車是幾人座的呢？**

F：1．是我的車。

2．三個人。

3．我先上車了。

解　說 男士問的是車子可以搭載幾個人，因此以回答人數的選項２為正確答案。

其他選項

1　題目沒有問到車子的擁有人。

3　題目沒有問到搭車的順序。

5

解　答	1

聽解內文　F：何時(なんじ)ごろ、出(で)かけましょうか。

M：1. 10時(じ)ごろにしましょう。

2. 8時(じ)に出(で)かけました。

3. お兄(にい)さんと出(で)かけます。

聽解翻譯　F：**我們什麼時候要出發呢？**

M：**1．十點左右吧。**

2．八點出門了。

3．要跟哥哥出門。

解　說　以建議「何時ごろ」的選項1為正確答案。

其他選項　2　「ましょうか」是表示對未來的疑問，而「出かけました」是指過去的事。

3　題目沒有問到「だれと」。

6

解　答	2

聽解內文　F：ここには、何回(なんかい)来(き)ましたか。

M：1. 10歳(さい)のときに来(き)ました。

2. 初(はじ)めてです。

3. 母(はは)と来(き)ました。

聽解翻譯　F：**這裡你來過幾趟了？**

M：**1．十歲的時候來的。**

2．第一次。

3．是和媽媽一起來的。

解　說　以回答「何回」的選項2為正確答案。乍看之下，雖然沒有呈現出「～回」的形式，但「初めて」是指以前未曾來過、這次是第一次，等於回答了對方的提問。

其他選項　1　題目沒有問到「いつ来たか」。

3　題目沒有問到「だれと」。

MEMO

第2回 言語知識（文字・語彙） 問題1 P48-49

1

解答	3
題目翻譯	**每天早上會沿著大使館的周圍散步。**
解說	「散」與「歩」合起來，表示「散步」的意思，用音讀，唸作「さんぽ」。請特別注意，「歩」音讀是「ほ」，由於連濁的關係唸作「ぽ」（不是「ぼ」）。另外，「歩く（走路）」用訓讀，唸作「あるく」。請注意「歩」的寫法，比中文「步」多了一筆。

2

解答	2
題目翻譯	**我父母是學校老師。**
解說	「両」與「親」合起來，表示「父母」的意思，用音讀，唸作「りょうしん」。請留意，「両」音讀「りょう」是長音，發音同「りょお」，但必須寫成「りょう」。另外，「親」訓讀唸作「おや」，如「母親／ははおや（母親）」。

3

解答	2
題目翻譯	**我有個滿九歲的弟弟。**
解說	除了「九つ（九個）」、「九日（九號）」用訓讀，分別唸作「ここのつ」、「ここのか」，其餘的「九」大都用音讀，唸作「きゅう」，如「９人／きゅうにん（九個人）」，或讀作「く」，如「９時／くじ（九點）」。

4

解答	4
題目翻譯	**車子在馬路的左側奔馳。**
解說	「左」與「側」合起來，表示「左側」的意思，用訓讀，唸作「ひだりがわ」。

5

解答	3
題目翻譯	**每天都喝牛奶。**
解說	「牛」與「乳」合起來，表示「牛奶」的意思，用音讀，唸作「ぎゅうにゅう」。請特別注意，「牛」跟「乳」都是拗音加長音，別把「ぎゅ」、「にゅ」記成「ぎゆ」、「にゆ」，或是漏掉後面的「う」囉。

6

解答	4
題目翻譯	**繫上紅領帶。**
解說	像形容詞等有語尾活用變化的字，唸法通常是訓讀，「赤い」讀作「あかい」。

7

解　答　2

題目翻譯　**現在是<u>四點</u>十五分。**

解　說　「時」表示「…點」時，用音讀，唸作「じ」。「４」通常讀作「よん」或「し」，但「４時」一定要唸作「よじ」。另外，「時」訓讀讀作「とき」，表示「（…的）時候；時間」。請注意「時」的寫法，跟中文「時」不同，右上部要寫成「土」而不是「士」。

8

解　答　4

題目翻譯　**請在那邊<u>等</u>一下。**

解　說　像動詞等有語尾活用變化的字，唸法通常是訓讀，「待つ」讀作「まつ」。

9

解　答　2

題目翻譯　**學校的<u>旁邊</u>有一座小公園。**

解　說　「横」當一個單字，用訓讀，唸作「よこ」。請注意「横」的寫法，跟中文「橫」略有不同。

10

解　答　3

題目翻譯　**變得非常<u>開心</u>。**

解　說　有語尾活用變化的字，唸法通常是訓讀，「楽しい」讀作「たのしい」。另外，「楽」音讀可以讀作「らく」或「がく」。

第2回（だいかい）　言語知識（文字・語彙）（げんごちしき もじ ごい）　問題2（もんだい）　P50

11

解　答　3

題目翻譯　**由於天氣變熱了，所以脫掉了<u>襯衫</u>。**

解　說　請留意，別把片假名「シ」跟「ツ」，或「ツ」跟「ン」搞混了。

12

解　答　2

題目翻譯　**把那趟旅行寫進了<u>作文</u>裡。**

解　說　「さく」、「ぶん」分別是「作」、「文」兩字的音讀。這個單字意思與中文大致相同，不過單就「文」而言，通常是指「句子」的意思。

13

解答 4

題目翻譯 **在明亮的房間裡看了書。**

解說 「あかるい」是形容詞「明るい」的訓讀。從字形大概能夠聯想字義，最好能與反義詞「くらい／暗い（暗的）」一起記。如果其他選項出現「朋」等相似漢字，請小心不要看錯。

14

解答 2

題目翻譯 **眼鏡在六樓的店家有販賣。**

解說 「かい」是漢字「階」的音讀。和中文用法不太一樣，可以跟「かいだん／階段（樓梯）」一起記，增加印象。「６」原本讀作「ろく」，但後接「かい」產生促音化，所以得改唸成「ろっ」。

15

解答 3

題目翻譯 **生下了一個可愛的女孩子。**

解說 「おんな」是漢字「女」的訓讀。意思與中文相同，「女」音讀讀作「じょ」，如「じょせい／女性（女性）」。

16

解答 1

題目翻譯 **用強大的力量推倒了。**

解說 「つよい」是形容詞「強い」的訓讀。意思與中文大致相同，最好能與反義詞「よわい／弱い（虛弱的）」一起記。

17

解答 4

題目翻譯 **外面雖然很冷，但是房子裡面很溫暖。**

解說 「なか」是漢字「中」的訓讀。意思與中文相同，「中」音讀讀作「ちゅう」，如「ちゅうごくご／中国語（中文）」。

18

解答 2

題目翻譯 **我喜歡魚類的餐點。**

解說 「さかな」是漢字「魚」的訓讀。其他選項出現「漁」等相似漢字，請小心不要看錯。

19

解答 4

題目翻譯 有沒有什麼（可以吃的東西）？我肚子有點餓了。

選項翻譯 1 可以讀的東西 2 可以喝的東西 3 可以寫的東西 4 可以吃的東西

解說 「おなかがすく」是「肚子餓」的意思。因此，由「おなかがすきました」可以對應到答案的「たべもの」。又，如果後項是「のどがかわきました（口渴了）」，這時候答案就可以選「のみもの」。

20

解答 1

題目翻譯 頭很痛，所以現在要去（醫院）。

選項翻譯 1 醫院 2 美容院 3 疾病 4 圖書館

解說 「～ので」表示理由。從前項的「あたまがいたい」，可以推論出要去「びょういん」。作答時，題目及選項都請看仔細，別誤選成選項2的「びよういん／美容院」囉。

21

解答 3

題目翻譯 （抽）菸的人變得愈來愈少了。

選項翻譯 1 吃 2 穿 3 抽 4 吹

解說 「たばこをすう」是「抽煙」的意思。因此，空格應該要填入「すう」。句型「動詞＋名詞」表示用動詞修飾名詞，題目句用「たばこをすう」來修飾「ひと」，意指「抽菸的人」。

22

解答 1

題目翻譯 夏天外出時會（戴）帽子。

選項翻譯 1 戴（帽子） 2 穿（鞋、襪、褲等） 3 穿（衣） 4 戴（耳環、胸針等）

解說 「ぼうしをかぶる」是「戴帽子」的意思。因此，由「ぼうし」可以對應到答案的「かぶります」。請多加留意，日語中表示「穿戴衣服配件、飾品等」時，會依不同目的語而搭配不同動詞。

23

解答 2

題目翻譯 我家拐過這個（轉角）就到了。

選項翻譯 1 旁邊 2 轉角 3 右邊 4 街區

解說 「かどをまがる」是「拐過轉角」的意思。因此，由「まがって」可以對應到答案的「かど」。

24

解答	4
題目翻譯	早上會用冰冷的水（洗）臉。
選項翻譯	1 畫　2 塗抹　3 穿　4 洗
解說	日語中，表示「洗臉」動詞用「あらう」。從前項的「みず」跟「かお」，可以對應到答案的「あらいます」。

25

解答	1
題目翻譯	他非常（珍惜）朋友。
選項翻譯	1 珍惜　2 安靜　3 熱鬧　4 有名
解說	「たいせつにする」是「珍惜」的意思。因此，由「友だち」可以對應到答案的「たいせつに」。

26

解答	3
題目翻譯	我妹妹在明年的四月就會（升到）五年級了。
選項翻譯	1 攀登　2 升了　3 升到　4 做
解說	日語中，表示「升到…年級」會用「～ねんせいになる」。由「らいねん」可以知道題目句在說未來的事，所以推出答案是「なります」。選項２「なりました」是過去式，因此不能選。另外，日本的學校是從每年四月開始新的學年。

27

解答	1
題目翻譯	染上（感冒）了，所以吃了藥。
選項翻譯	1 感冒　2 疾病　3 辭典　4 線
解說	「かぜをひく」是「感冒」的意思。又，日語中，表示「吃藥」動詞用「のむ」。因此，由後項「くすりをのみました」可以對應到答案的「かぜ」。「～ので」表示理由。另外，表示「染上疾病」的日語會用「びょうきになる」，所以選項２不能選。

28

解答	4
題目翻譯	請在那邊把鞋子（脫掉），進來裡面。
選項翻譯	1 穿上　2 丟掉　3 借　4 脫掉
解說	由插圖以及後項的「なかにはいってください」，知道進入前得拖鞋，所以答案是「ぬいで」。另外，表示「穿鞋」動詞會用「はく」。

29

解答 4

題目翻譯 我有兩個弟弟和一個妹妹。

選項翻譯
1 我家是三個兄弟姊妹。　2 我家總共有四個人。
3 我家是兩個兄弟姊妹。　4 我家是四個兄弟姊妹。

解說 日語中，「わたしは～きょうだいです」表示包含「わたし」在內，「我家有…個兄弟姊妹」的意思。因此，題目句的「おとうとが二人」跟「いもうとが一人」，可以對應到答案句的「４人きょうだい」。另外，題目句的換句話說也可以說成「わたしにはきょうだいが３人います（我有三個兄弟姊妹）」。

30

解答 3

題目翻譯 請不要把電燈關掉。

選項翻譯
1 請把電燈關掉。　2 請不要開電燈。
3 請讓電燈繼續亮著。　4 可以把電燈關掉沒關係。

解說 「けさないでください」是解題關鍵，是「けす」的否定形加「～てください」，是「請不要…」的意思，可以對應到答案句的「つけていてください」。「つけていてください」是「つける」加表示狀態持續的「～ています」，再加上「～てください」，是「請（保持某狀態）…」的意思。

31

解答 4

題目翻譯 請問有沒有不這麼艱深難懂的兒童書呢？

選項翻譯
1 請問有沒有更艱深的兒童書呢？　2 請問有沒有不這麼淺顯的兒童書呢？
3 請問有沒有更了不起的兒童書呢？　4 請問有沒有更淺顯易讀的兒童書呢？

解說 「むずかしくない」是解題關鍵，是「むずかしい」的否定形，意思等於「やさしい」。

32

解答 2

題目翻譯 現在不太忙。

選項翻譯
1 現在還很忙。　2 現在有一點空檔時間。
3 現在非常忙碌。　4 現在還沒有空檔時間。

解說 句型「あまり～ない」是「不太…」的意思。題目句的「あまりいそがしくない」，可以對應到答案句的「ひま」。

33

解　答	1
題目翻譯	兩天前家母打了電話給我。
選項翻譯	1　前天家母打了電話給我。　2　後天家母打了電話給我。 3　一個星期前家母打了電話給我。　4　昨天家母打了電話給我。
解　說	「二日まえ」是解題關鍵字，意思等於「おととい」。

第2回（だいかい）　言語知識（文法）（げんごちしき（ぶんぽう））　問題1（もんだい）　P55-57

1

解　答	2
題目翻譯	這是妹妹（所）做的蛋糕。
解　說	題目句可以拆解成①「これはケーキです」與②「これは妹（ ）作りました」二句。②用了句型「～は～が」，其中的「は」點出句子主題，而「が」則表示後項陳述的主語。又，動詞普通形可以直接修飾名詞，「妹が作った」可以用以修飾「ケーキ」，如此一來，①、②便可以合併成題目句。另外，這一句可以用「の」代替「が」。

2

解　答	1
題目翻譯	A「你的國家會下雪嗎？」 B「（不太）下雪。」
解　說	用句型「あまり＋否定」，表示程度不特別高，數量不特別多，中文可以翻譯成「不太…」。由「あまり」可以對應到答案。其他選項後面如果不是接「ふります」，語意就會不通順。

3

解　答	4
題目翻譯	A「可以教我（做）麵包的方法嗎？」 B「可以呀！」
解　說	以「動詞ます形＋かた」的形式，表示方法、手段、程度跟情況，中文可以翻譯成「…法」。答案是「作る」ます形的選項４。

4

解答 3

題目翻譯 **交通號誌變成綠燈了。我們過馬路吧！**

解說 以「名詞に＋なります」的形式，表示在無意識中，事態本身產生的自然變化，這種變化並不是人是有意圖性的；即使變化是人是造成的，如果重點不在「誰改變的」，也可以用這個文法。考慮到「青」與「なりました」的關係，可以對應到答案。

5

解答 3

題目翻譯 **A「你喜歡吃哪些水果呢？」**

B「我喜歡蘋果，（也）喜歡橘子。」

解說 用句型「～も～も」，表示同性質的東西並列或列舉，是「…也…」的意思。由前面的「りんごも」，可以對應到答案。

6

解答 3

題目翻譯 **在家門前（把）計程車攔下來了。**

解說 「とめました」是他動詞，由於「タクシー」是「とめました」的目的語，因此必須搭配「を」。「タクシーをとめる」表示「停止」的這個人是動作，直接作用在「計程車」上，中文可以翻譯成「把計程車攔下來」。

7

解答 2

題目翻譯 **A「好了，我們出門吧！」**

B「可以麻煩再等我十分鐘（就好）嗎？」

解說 「だけ」表示限於某範圍，除此以外別無他者，是「只、僅僅」的意思。如果空格填入「ずつ（各…）」、「など（…等）」及「から（從…）」，意思不合邏輯，所以答案是２。

8

解答 1

題目翻譯 **不要一邊（走路）一邊打行動電話吧！**

解說 「動詞ながら」表示同一主體同時進行兩個動作，中文可以翻譯成「一邊…一邊…」，這時動詞必須用「ます形」，所以答案是１。

9

解答 4

題目翻譯 **A「從這裡（到）學校大約需要多少時間呢？」**

B「二十分鐘左右。」

解說 「～から～まで」可以表示距離的範圍，「から」前面的名詞是起點，「まで」前面的名詞是終點。由前面的「ここから」，可以對應到答案。

10

解答 3

題目翻譯 **A「有誰在教室裡嗎？」**

B「沒有，（誰都）不在。」

解說 用句型「疑問詞＋も＋否定」，表示全面否定，中文可以翻譯成「都（不）…」。由後面「いませんでした」，可以解出答案。

11

解答 1

題目翻譯 **A「為什麼你不看報紙呢？」**

B「（因為）早上很忙。」

解說 「〜から」表示原因、理由，是「因是…」的意思。一般用在說話人出於個人主觀理由，是種較強烈的意志性表達。由用在問理由的「なぜ」，可以對應到答案。

12

解答 2

題目翻譯 **A「那件襯衫是花了（多少錢）買的呢？」**

B「兩千日圓。」

解說 「いくら」表示詢問數量、程度、價格、工資、時間、距離等的疑問詞，是「多少」的意思。由Ｂ句的「２千円」，可以對應到答案。

13

解答 4

題目翻譯 **這是我送給你的禮物。**

解說 表示從某人那裡得到東西，用格助詞「から」，前面接某人（起點），是「由…」的意思。「あなたへのプレゼント」的「へ」，表示接收動作或事物的對象（到達點），是「給…」的意思，可以對應到答案。

14

解答 2

題目翻譯 **在睡覺（前）要刷牙喔！**

解說 「動詞まえに」表示動作的順序，也就是做前項動作之前，先做後項的動作。這時，「まえに」前面的動詞必須用「動詞辭書形」。

15

解答 1

題目翻譯 **小孩子喜歡甜食。**

解說 「が」前接對象，表示好惡、需要及想要得到的對象。考慮到「あまいもの」與「すき」的關係，可以對應到答案。

16

解答 4

題目翻譯 山田「田上先生有兄弟姊妹嗎？」

田上「我（雖然）有哥哥，但是沒有弟弟。」

解說 「～が～」表示逆接，用在連接兩個對立的事物，前句跟後句內容是相對立的。由前項的「います」與後項的「いません」，可以知道要用逆接。

第2回 言語知識（文法） 問題2 P58-59

17

解答 4

正確語順 B「日本の　たべもので　わたしが　すきなのは　てんぷらです。」

題目翻譯 A「在日本的食物當中，你喜歡什麼樣的呢？」

B「在日本的食物當中，我喜歡的是天婦羅。」

解說 選項１、４是助詞，一定會附接在其他語詞之後，因此先思考選項２、３會放入哪一格。選項３後面只可能接選項２，如果將第一、二格依序填入選項３、２，則可能的語順排序是３２１４或３２４１，語意通順的是後者，因此★處是「の」。這邊的「の」是準體助詞，代替的是前項的「日本のたべもの」。而「は」後面的「てんぷら」，是句中被強調的部分。

18

解答 2

正確語順 夕ご飯は　おふろに　入ったあとで　食べます。

題目翻譯 晚飯等到洗完澡以後吃。

解說 「洗澡」日語用「おふろに入る」，這一時的「に」是格助詞，表示動作移動的到達點。又，由句型「動詞た形＋あとで（…之後…）」推測出「あとで」放第四格，因此★處是２。

19

解答 2

正確語順 学生「朝、あたまが　いたく　なったからです。」

題目翻譯 老師「昨天為什麼沒來學校呢？」

學生「因為我早上頭痛了。」

解說 日語中，「あたまがいたい」是「頭痛」的意思。又，形容詞詞尾的「い」變成「く」，後面再接上「なります」，表示事物本身產生的自然變化。因此，推出空格正確語順是「あたまがいたくなった」，知道★處是２。

文法 1 2 3 CHECK 1 2 3

20

解答	1
正確語順	しゅくだいを　してから　あそびます。
題目翻譯	先做功課以後再玩。
解說	「做功課」日語用「しゅくだいをする」，這時的「しゅくだい」是目的語，是「する」動作所涉及的對象。又，以「動詞て形＋から」的形式，結合兩個句子，表示動作順序，強調先做前項再進行後項。因此，推出空格正確語順是「しゅくだいをしてから」，知道★處是1。

21

解答	1
正確語順	A「うちの　ねこは　一日中（いちにちちゅう）　ねて　いますよ。」
題目翻譯	A「我家的貓一天到晚都在睡覺耶！」 B「那麼巧！我家的貓也是一樣耶！」
解說	句型「動詞＋ています」，表示有從事某行為動作的習慣。因此，可以推出第三、四格分別是「ねて」、「います」，知道★處是2。再確認其他選項，「うちの」後接選項2時句意不通順，因此要接選項4，而選項2則跟著接於其後。

第2回（だいかい） 言語知識（文法）（げんごちしき（ぶんぽう）） 問題3（もんだい） P60

文章翻譯

在日本留學的學生以〈未來的我〉為題名寫了一篇文章，並且在班上同學的面前誦讀給大家聽。

（1）

我想在日本的公司上班，學習服裝設計。等我學會了服裝設計之後就會回國，希望製作出物美價廉的服裝。

（2）

我想在日本公司從事電腦工作大約五年，然後回國在國內的公司工作。因為我父母和兄弟姊妹們都在等著我回國。

22

解答	1
解說	從「会社」和「つとめる」來推測，以表示對象的「に」為正確答案。

23

解　答　2

選項翻譯　1　好吃的　　2　價廉的　　3　寒冷的　　4　寬廣的

解　說　選項全部都是形容詞。首先，從能不能修飾空格後面的「服」來選出答案。選項１不可能；選項２可能；選項３雖然有點奇怪，但好像也不是完全不可能；選項４不可能。綜上所述，以選項２的可能性最高。為求慎重起見，再確認其前後文，發現其前方寫著「よいデザインで」，而後面則有關於「作る」的詞句。由於文章的題目是「しょうらいのわたし」，由此得知作者描述的是「わたし」未來想要製作這樣的衣服。如此一來，果然還是以選項２為最適切的答案。

24

解　答　4

解　說　如同第23題所推理的一樣，既然文章的題目是「しょうらいのわたし」，應該是以呈現出「作る」並加上了表示期望的「たい」選項４為正確答案。

25

解　答　3

選項翻譯　1　已經　　2　可是　　3　然後　　4　尚未

解　說　在空格前面提到的是在「日本の会社で」工作的事，而在空格後面則是「国に帰って、国の会社で」工作的事，所以，表示時間前後順序的選項３為正確答案。

26

解　答　2

解　說　因為「ぼく」是「帰る」的主詞，因此可能的選項為１和２。

①ぼくは国に帰ります（我要回國）

②ぼくが国に帰ります（我非回國不可）

這兩句話的文法都是正確的，但語意略有不同。通常用的是①。②指說話人特別強調要回國的「不是別人，就是我本人」，因此一般較少使用。不過在這裡，由於他的父母和兄弟姊妹還在祖國等著他回去，因此他必須強調要回國的「不是別人，就是我本人」，所以選項２為正確答案，而不能使用選項１。另外，「は」和「が」運用上的區別，即使對程度很好的人也很困難，所以就算現在還不太懂，也不需要感到沮喪。

第2回（だいかい） 讀解（どっかい） 問題4（もんだい） P61-63

27

解　答 1

文章翻譯 (1)

昨天超級市場三個蕃茄賣一百日圓。我喊了聲「好便宜！」，馬上買了。回家的路上到家附近的蔬果店一看，發現更大顆的蕃茄四個才賣一百日圓。

題目翻譯 「我」在什麼地方用多少錢買了蕃茄呢？

選項翻譯
1　在超級市場買了三個一百日圓的番茄。
2　在超級市場買了四個一百日圓的番茄。
3　在蔬果店買了三個一百日圓的番茄。
4　在蔬果店買了四個一百日圓的番茄。

解　說 (1) 的文章是由三句話所組合而成的。
第一句：昨天超級市場裡有賣蕃茄
第二句：作者在那裡買了蕃茄
第三句：之後，他在蔬果店發現了更便宜的蕃茄
題目問的是「買いましたか」，而敘述了購買過程的是第二句。在第二句中，雖然沒有寫到「どこで」和「いくらで」，但由於第二句是第一句話的延伸，因此只要對照第一句和所有選項，就可以找到答案了。

28

解　答 1

文章翻譯 (2)

今天早上我去了公園散步。住隔壁的爺爺坐在樹下看著報紙。

題目翻譯 請問隔壁的爺爺是哪一位呢？

解　說 在看報紙的爺爺，只有選項 1 符合條件。

29

解　答 3

文章翻譯 (3)

徹同學從學校拿到了一張通知單。

給同學家人們的通知函

三月二十五日（星期五）早上十點起，本校將於體育館舉辦學生音樂成果發表會。由於全體同學必須穿著同樣的白襯衫唱歌，請先至位於學校前方的店鋪購買。

進入體育館時，請換穿擺放在入口處的拖鞋。會場內歡迎拍照。

〇〇高中

題目翻譯 請問媽媽在徹同學參加音樂成果發表會之前，會買什麼東西呢？

選項翻譯　1　拖鞋　2　白長褲　3　白襯衫　4　錄影機

解　說　由於題目問的是「何を買いますか」，在文章中尋找關於購買的語句時，發現在第二段裡寫著「白いシャツを～買っておいてください」。

第2回（だい　かい）　讀解（どっかい）　問題5（もんだい）　P64

文章翻譯

去年我和朋友去了沖繩旅行。沖繩是位於日本南方的島嶼，以美麗的海景著稱。

我們一下了飛機，立刻去了海邊游泳。游完泳後再去參觀了一座古老的*城堡。那座城堡和我國家的城堡，或是我以前在日本看過的其他城堡都不一樣，是一座很有意思的建築。朋友拍下了很多張城堡的照片。

看完城堡以後，大約四點左右，我們前往旅館。在旅館的門前有一隻貓咪在睡覺。那隻貓咪實在長得太可愛了，所以我拍了很多張那隻貓咪的照片。

＊城堡：規模宏大又氣派的一種建築物。

30

解　答　4

題目翻譯　我們一到達沖繩，最先做了什麼事？

選項翻譯
1　去看了古老的城堡。
2　進了旅館。
3　去了海邊拍照。
4　去了海邊游泳。

解　說　由於題目問的是「はじめに」，在文章中尋找相關的部分時，發現在第二段裡有「すぐ」。而接下來的部分和選項4完全一樣，該選哪一項應該毫無疑問吧。

31

解　答　3

題目翻譯　「我」拍了什麼照片呢？

選項翻譯
1　古老城堡的照片
2　美麗海景的照片
3　睡在旅館門前的貓咪的照片
4　睡在城堡門上的貓咪的照片

解　說　在文章的最後提到「わたしはそのねこのしゃしんをとりました」。那一隻就是在「ホテルの門の前で」睡覺的貓。

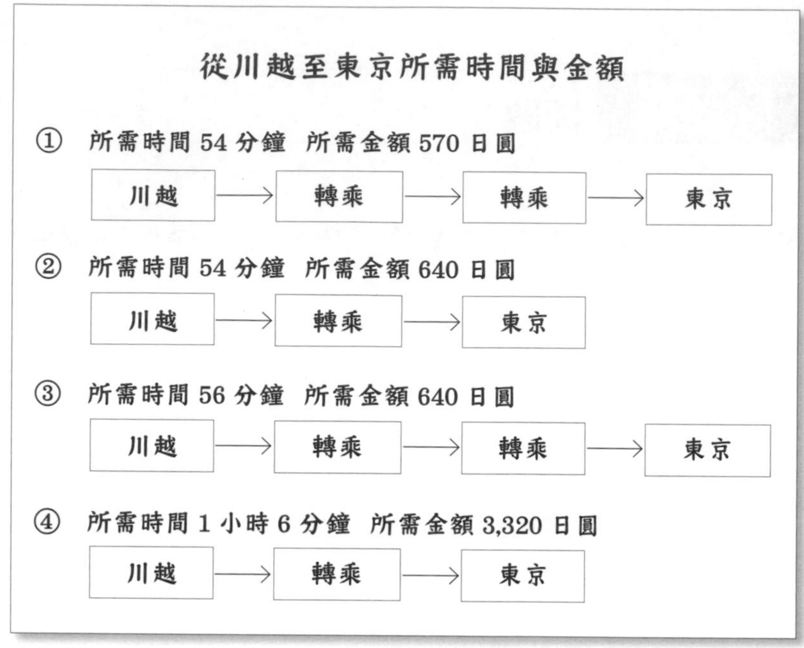

32

解答 2

題目翻譯 楊小姐要從一個叫川越的車站搭電車前往東京車站。查詢乘車方式之後，發現有四種方法可以抵達。請問*轉乘次數最少，而且所需時間最短的是①～④之中的哪一種呢？

＊轉乘：下了電車或巴士以後，再搭上其他電車或巴士。

選項翻譯 1 ①　2 ②　3 ③　4 ④

解說 首先，要選的是「乗り換えの回数が少なく」，但由於並沒有可以不換乘就到達的方式，因此先尋找只要換一次就可以到達的途徑，於是篩選出②和④。接著，再搜尋時間較短的前往方式，篩選出①和②。因此，同時符合上述兩項條件的就是②了。

第2回　聴解　問題1　P66-70

1

解答　4

聴解內文

男の人と女の人が話しています。男の人は、この後、何を食べますか。

M：晩ご飯、おいしかったですね。この後、何か食べますか。

F：果物が食べたいです。それから、紅茶もほしいです。

M：僕は、果物よりおかしが好きだから、ケーキにします。

F：私もケーキは好きですが、太るので、晩ご飯の後には食べません。

男の人は、この後、何を食べますか。

聴解翻譯

男士和女士正在交談。請問這位男士之後會吃什麼呢？

M：這頓晚餐真好吃！接下來要吃什麼呢？

F：我想吃水果。還有，也想喝紅茶。

M：比起水果，我更喜歡吃甜點，我要吃蛋糕。

F：我也喜歡蛋糕，但是會變胖，所以晚餐之後不吃。

請問這位男士之後會吃什麼呢？

解說　由「僕は、～ケーキにします」，可以知道答案是４。

2

解答　4

聴解內文

学校で、女の人と男の人が話しています。男の人は、後でどこに行きますか。

F：山田先生があなたをさがしていましたよ。

M：えっ、どこでですか。

F：教室の前のろうかでです。あなたのさいふが学校の食堂に落ちていたと言っていましたよ。

M：そうですか。山田先生は今、どこにいるのですか。

F：さっきまで先生方の部屋にいましたが、もう授業が始まったので、B組の教室にいます。

M：じゃ、授業が終わる時間に、ちょっと行ってきます。

男の人は、後でどこに行きますか。

聽解翻譯 女士和男士正在學校裡交談。請問這位男士之後要去哪裡呢？

F：山田老師正在找你喔！

M：嗄？在哪裡遇到的呢？

F：在教室前面的走廊。說是你的錢包掉在學校餐廳裡了。

M：原來是這樣哦。山田老師現在在哪裡呢？

F：剛才還在教師們的辦公室裡，可是現在已經開始上課了，所以在Ｂ班的教室。

M：那，等下課以後我去一下。

請問這位男士之後要去哪裡呢？

選項翻譯

1　教室前面的走廊

2　學校的餐廳

3　教師們的辦公室

4　Ｂ班的教室

解　說 男士想去見山田老師。而山田老師現在「Ｂ組の教室にいます」。但是因為現在是上課時間，不能打擾他，所以只能斟酌一下在下課時間，再去見他。

3

解　答 3

聽解內文 店で、女の人と店の人が話しています。店の人は、どのかばんを取りますか。

F：子どもが学校に持っていくかばんはありますか。

M：お子さんはいくつですか。

F：12 歳です。

M：では、あれはどうですか。絵がついていない、白いかばんです。大きいので、にもつがたくさん入りますよ。動物の絵がついているのは、小さいお子さんが使うものです。

店の人は、どのかばんを取りますか。

聽解翻譯 女士和店員正在商店裡交談。請問這位店員會拿出哪一個提包呢？

F：有沒有適合兒童帶去學校用的提包呢？

M：請問您的孩子是幾歲呢？

F：十二歲。

M：那麼，那個可以嗎？上面沒有圖案，是白色的提包，容量很大，可以放很多東西喔！有動物圖案的是小小孩用的。

請問這位店員會拿出哪一個提包呢？

解　說 請用刪除法找出正確答案。因為提到「絵がついていない、白いかばん」，所以只有選項３、４符合。接著，因為提到「大きいので」，所以小的選項４也刪掉。

4

解　答　4

聽解內文

女の留学生と男の留学生が話しています。男の留学生は、夏休みにまず何をしますか。

F：夏休みには、何をしますか。

M：プールで泳ぎたいです。本もたくさん読みたいです。それから、すずしいところに旅行にも行きたいです。

F：わたしの学校は、夏休みの宿題がたくさんありますよ。あなたの学校は？

M：ありますよ。日本語で作文を書くのが宿題です。宿題をやってから遊ぶつもりです。

男の留学生は、夏休みにまず何をしますか。

聽解翻譯

女留學生和男留學生正在交談。請問這位男留學生暑假時最先會做什麼呢？

F：你暑假要做什麼呢？

M：我想去泳池游泳，也想看很多書。然後，還想去涼爽的地方旅行。

F：我的學校給了很多暑假作業耶！你的學校呢？

M：有啊！作業是用日文寫作文。我打算先做完作業後再去玩。

請問這位男留學生暑假時最先會做什麼呢？

選項翻譯

1　在泳池游泳　　2　看書　　3　去旅行　　4　做作業

解　說

選項全是男留學生想在暑假去做的事。不過因為提到「宿題をやってから遊ぶつもり」，所以首先要做的事是做作業。

5

解　答　3

聽解內文

ペットの店で、男のお店の人と女の客が話しています。女の客はどれを買いますか。

M：あの大きな犬はいかがですか。

F：家がせまいから、小さい動物の方がいいんですが。

M：では、あの毛が長くて小さい犬は？かわいいでしょう。

F：あのう、犬よりねこの方が好きなんです。

M：じゃ、あの白くて小さいねこは？かわいいでしょう。

F：あ、かわいい。まだ子ねこですね。

M：鳥も小さいですよ。

F：いえ、もうあっちに決めました。

女の客はどれを買いますか。

聽解翻譯 男店員和女顧客正在寵物店裡交談。請問這位女顧客會買哪一隻動物呢？

M：您覺得那隻大狗如何呢？

F：家裡很小，小動物比較適合。

M：那麼，那隻長毛的小狗呢？很可愛吧？

F：呃，比起狗，我更喜歡貓。

M：那麼，那隻白色的小貓呢？很可愛吧？

F：啊！好可愛！還是一隻小貓咪吧？

M：鳥的體型也很小哦！

F：不用了，我已經決定要那一隻了。

請問這位女顧客會買哪一隻動物呢？

解　說 請用刪除法找出正確答案。首先，大隻狗不行，接著小隻狗也不要，提到貓的時候，說了「かわいい」，所以貓的選項先保留。提到鳥時，說「いえ」拒絕了，然後又說「あっちに決めました」，所以最後決定選擇買貓。

6番

解　答 4

聽解內文 女の人と男の人が話しています。男の人は、このあと初めに何をしますか。

F：おかえりなさい。寒かったでしょう。今、部屋を暖かくしますね。

M：うん、ありがとう。

F：熱いコーヒーを飲みますか。すぐ晩ご飯を食べますか。

M：晩ご飯の前に、おふろのほうがいいです。

F：どうぞ。おふろも用意してあります。

男の人は、このあと初めに何をしますか。

聽解翻譯 女士和男士正在交談。請問這位男士之後要先做什麼呢？

F：你回來了！外面很冷吧？我現在就開暖氣喔！

M：嗯，謝謝。

F：要不要喝熱咖啡？晚飯馬上就可以吃了。

M：我想在吃晚飯前先洗澡。

F：去洗吧，洗澡水已經放好了。

請問這位男士之後要先做什麼呢？

選項翻譯 1　開室內暖氣　2　喝熱咖啡　3　吃晚飯　4　洗澡

解　說 因為說了「晩ご飯の前に、おふろのほうがいいです」，所以是洗澡之後才吃晚餐，答案是４。選項１錯在把房間弄暖的是女士。至於選項２，男士要不要喝咖啡，對話中並沒有陳述。

7

解　答　4

聽解內文

男の人とホテルの女の人が話しています。男の人は、どこで晩ご飯を食べますか。

M：晩ご飯をまだ食べていません。近くにレストランはありますか。

F：駅の近くにありますが、ホテルからは遠いです。タクシーを呼びましょうか。

M：そうですね……。パン屋はありますか。

F：パンは、ホテルの中の店で売っています。

M：そうですか。疲れていますので、パンを買って、部屋で食べたいです。

F：パン屋はフロントの前です。

男の人は、どこで晩ご飯を食べますか。

聽解翻譯

男士和旅館女性員工正在交談。請問這位男士要在哪裡吃晚餐呢？

M：我還沒吃晚餐，這附近有餐廳嗎？

F：車站附近有，但是從旅館去那裡太遠了。要幫您叫計程車嗎？

M：這樣哦……，有麵包店嗎？

F：麵包的話，在旅館附設的麵包店有販售。

M：這樣啊。我很累了，想買麵包帶回房間裡吃。

F：麵包店在櫃臺前方。

請問這位男士要在哪裡吃晚餐呢？

選項翻譯

1　旅館附近的餐廳　　2　車站附近的餐廳

3　旅館附近的麵包店　　4　旅館內自己的房間裡

解　說　因為提到「パンを買って、部屋で食べたいです」，所以正確解答是４。

第2回　聴解　問題2　P71-74

1

解　答　2

聽解內文

男の留学生と日本の女の人が話しています。「つゆ」とは何ですか。

M：今日も雨で、嫌ですね。

F：日本では、6月ごろは雨が多いんです。「つゆ」と言います。

M：雨がたくさん降るのが「つゆ」なんですね。

F：いいえ。秋にも雨がたくさん降りますが、「つゆ」とは言いません。

M：6月ごろ降る雨の名前なんですか。知りませんでした。

「つゆ」とは何ですか。

聽解翻譯 男留學生正在和日本女士交談。請問「梅雨」是指什麼呢？

M：今天又下雨了，好討厭哦！

F：日本在六月份經常下雨，這叫作「梅雨」。

M：下很多雨就叫作「梅雨」對吧？

F：不是的。雖然秋天也會下很多雨，但不叫「梅雨」。

M：原來是在六月份下的雨才叫這個名稱喔，我以前都不曉得。

請問「梅雨」是指什麼呢？

選項翻譯

1　討厭的雨　　2　六月份左右的雨

3　下很多的雨　　4　秋天的雨

解　說 「６月ごろは雨が多い」，這就叫做「つゆ」。並非雨下得多就叫「つゆ」，它是「６月ごろ降る雨の名前」。

2

解　答 2

聽解內文 女の人と男の人が話しています。女の人は、どんな結婚式をしたいですか。

F：昨日、姉が結婚しました。

M：おめでとうございます。

F：ありがとうございます。

M：にぎやかな結婚式でしたか。

F：はい、友だちがおおぜい来て、みんなで歌を歌いました。

M：よかったですね。あなたはどんな結婚式がしたいですか。

F：私は、家族だけの静かな結婚式がしたいです。

M：それもいいですね。私は、どこか外国で結婚式をしたいです。

女の人は、どんな結婚式をしたいですか。

聽解翻譯 女士和男士正在交談。請問這位女士想要舉行什麼樣的婚禮呢？

F：昨天我姊姊結婚了。

M：恭喜！

F：謝謝。

M：婚禮很熱鬧嗎？

F：是的，來了很多朋友，大家一起唱了歌。

M：真是太好了！妳想要什麼樣的婚禮呢？

F：我只想要家人在場觀禮的安靜婚禮。

M：那樣也很不錯喔。我想要到國外找個地方舉行婚禮。

請問這位女士想要舉行什麼樣的婚禮呢？

選項翻譯

1　熱鬧的婚禮　　2　安靜的婚禮

3　到外國舉行的婚禮　　4　不想舉行婚禮

解　說 女士明確的說了「家族だけの静かな結婚式がしたい」。

3

解　答　3

聽解內文

女の人と男の人が、電話で話しています。今、男の人がいるところは、どんな天気ですか。

F：寒くなりましたね。

M：そうですね。テレビでは、午前中はくもりで、午後から雪が降ると言っていましたよ。

F：そうなんですか。そちらでは、雪はもう降っていますか。

M：まだ、降っていません。でも、今、雨が降っているので、夜は雪になるでしょう。

今、男の人がいるところは、どんな天気ですか。

聽解翻譯

女士和男士正在講電話。請問那位男士目前所在地的天氣如何呢？

F：天氣變冷了吧？

M：是啊。電視氣象說了，上午是陰天，下午之後會下雪喔。

F：這樣哦。你那邊已經在下雪了嗎？

M：還沒下。不過，現在正在下雨，入夜之後應該會轉為下雪吧。

請問那位男士目前所在地的天氣如何呢？

選項翻譯　1　陰天　　2　下雪天　　3　雨天　　4　晴天

解　說　男士提到「今、雨が降っている」。雖然接著之後，下雪的可能性很高，不過問題問的是「今」。

4

解　答　4

聽解內文

男の人と女の人が話しています。女の人は、ぜんぶでいくら買い物をしましたか。

M：たくさん買い物をしましたね。お酒も買ったのですか。いくらでしたか。

F：1本1,500円です。2本買いました。

M：お酒は高いですね。そのほかに何を買いましたか。

F：パンとハム、それに卵を買いました。パーティーの料理にサンドイッチを作ります。

M：パンとハムと卵でいくらでしたか。

F：2,500円でした。

女の人は、ぜんぶでいくら買い物をしましたか。

聽解翻譯 男士和女士正在交談。請問這位女士總共買了多少錢的東西呢？

M：妳買了好多東西哦！還買了酒嗎？多少錢？

F：一瓶一千五百日圓，我買了兩瓶。

M：酒好貴喔！其他還買了什麼呢？

F：麵包和火腿，還買了蛋。派對的餐點我要做三明治。

M：麵包和火腿還有蛋是多少錢呢？

F：兩千五百日圓。

請問這位女士總共買了多少錢的東西呢？

選項翻譯 1　一千五百日圓　2　兩千五百日圓　3　三千日圓　4　五千五百日圓

解　說 一瓶一千五百日圓的酒，兩瓶就是三千日圓。其他還有麵包、火腿和蛋合計為兩千五百日圓，所以全部加起來是五千五百日圓。

5

解　答 1

聽解內文 女の学生と男の学生が話しています。二人は、今日は何で帰りますか。

F：あ、佐々木さん。いつもこのバスで帰るんですか。

M：いいえ、お金がないから、自転車です。天気が悪いときは、歩きます。

F：今日はどうしたんですか。

M：足が痛いんです。小野さんは、いつも地下鉄ですよね。

F：ええ、でも今日は、電気が止まって地下鉄が走っていないんです。

M：そうですか。

二人は、今日は何で帰りますか。

聽解翻譯 女學生和男學生正在交談。請問他們兩人今天要用什麼交通方式回家呢？

F：啊，佐佐木同學！你平常都是搭這條路線的巴士回家嗎？

M：不是，我沒錢，都騎自行車；天氣不好的時候就走路。

F：那今天為什麼會來搭巴士呢？

M：我腳痛。小野同學通常都搭地下鐵吧？

F：是呀。不過今天停電了，地下鐵沒有運行。

M：原來是這樣的喔。

請問他們兩人今天要用什麼交通方式回家呢？

選項翻譯 1　巴士　2　自行車　3　步行　4　地下鐵

解　說 因為女學生說「いつもこのバスで帰るんですか」，所以兩人現在應該是在公車裡，或是公車站。雖然兩人平常都是利用其他不同的交通工具上下學，不過今天是搭公車回家。

6

解　答　2

聽解內文

女の人と店の男の人が話しています。女の人はかさをいくらで買いましたか。

F：すみません。このかさは、いくらですか。

M：2,500円です。前は2,800円だったのですよ。

F：300円安くなっているのですね。同じかさで、赤いのはないですか。

M：ないですね。では、もう200円安くしますよ。買ってください。

F：じゃあ、そのかさをください。

女の人はかさをいくらで買いましたか。

聽解翻譯

女士和男店員正在交談。請問這位女士用多少錢買了傘呢？

F：不好意思，請問這把傘多少錢呢？

M：兩千五百日圓。原本賣兩千八百日圓喔！

F：這樣便宜了三百日圓囉。有沒有和這個同樣款式的紅色的呢？

M：沒有耶。那麼，再便宜兩百日圓給您喔！跟我買吧！

F：那，請給我那把傘。

請問這位女士用多少錢買了傘呢？

選項翻譯

1　**兩千兩百日圓**

2　**兩千三百日圓**

3　**兩千五百日圓**

4　**兩千八百日圓**

解　說

之前賣兩千八百日圓的傘，現在賣兩千五百日圓。不過，並不是女士喜歡的顏色。店員似乎希望能早點賣掉這把傘，所以說要再降價兩百日圓給女士，要她買下。而女士也決定要買那把傘，所以是兩千五百減兩百，等於花了兩千三百日圓。

第2回　聴解　問題3　P75-78

1

解　答　1

聽解內文

向こうにある荷物がほしいです。何と言いますか。

F：1. すみませんが、あの荷物を取ってくださいませんか。

2. おつかれさまですが、あれを取りませんか。

3. 大丈夫ですが、あれを取ってください。

聽解翻譯 **想要請人家幫忙拿擺在那邊的東西。請問這時該說什麼呢？**

F：1．不好意思，可以幫我拿那件行李嗎？

2．辛苦了，但是您不拿那個嗎？

3．我沒事，可是請幫忙拿那個。

解　說 以選項1首先用「すみませんが」作開場，接著再以「動詞てくださいませんか」很有禮貌地央託的方式最為恰當。

其他選項
2　「取りませんか」的語意裡沒有央託的意思。
3　「あれを取ってください」在這個情況下是正確的用法，但是前面的「大丈夫ですが」語意不明，因此選項3的整段話不論在任何情況下都無法使用。

2

解　答 2

聽解內文 先生の部屋から出ます。何と言いますか。

M：1. おはようございます。

2. 失礼しました。

3. おやすみなさい。

聽解翻譯 **準備要離開老師的辦公室。請問這時該說什麼呢？**

M：1．早安。

2．報告完畢。

3．晚安。

解　說 從老師或上司的辦公室裡告退的時候，通常要說「失礼しました」或者「失礼します（先告退了）」。兩種用法都可以，但在學校裡用前一種的比較多。

其他選項
1　這是早上用的問候語。
3　這是就寢時的致意語。

3

解　答 3

聽解內文 会社に遅れました。会社の人に何と言いますか。

M：1. 僕も忙しいのです。

2. 遅れたかなあ。

3. 遅れて、すみません。

聽解翻譯 **上班遲到了。請問這時該跟公司的人說什麼呢？**

M：1．我也很忙。

2．是不是遲到了呢？

3．我遲到了，對不起。

解　說 對於遲到表示歉意的只有選項3而已。

其他選項
1　這個是藉口。雖然在對話中與上文吻合，但用在現實社會中並不恰當。
2　這是當不確定自己是不是已經遲到的時候的疑問句。身為上班族，應該要充分做好時間管理，因此這個回答也不恰當。

4

解　答　1

聽解內文　ボールペンを忘れました。そばの人に何と言いますか。

F：1. ボールペンを貸してくださいませんか。

2. ボールペンを借りてくださいませんか。

3. ボールペンを貸しましょうか。

聽解翻譯　**忘記帶原子筆了。請問這時該跟隔壁同學說什麼呢？**

F：1．能不能向你借原子筆呢？

2．能不能來借原子筆呢？

3．借你原子筆吧？

解　說　央託對方「麻煩借給我」的只有選項１而已。「動詞てくださいませんか」是有事央託時的禮貌用法。

其他選項　2　這句話的意思變成出借的是我，而借用的是對方。

3　這句話同樣是建議由我出借給對方的意思。

5

解　答　2

聽解內文　メロンパンを買います。何と言いますか。

M：1. メロンパンでもください。

2. メロンパンをください。

3. メロンパンはおいしいですね。

聽解翻譯　**要買菠蘿麵包。請問這時該說什麼呢？**

M：1．請隨便給我一塊菠蘿麵包之類的。

2．請給我菠蘿麵包。

3．菠蘿麵包真好吃對吧？

解　說　以向店員明確傳達想購買商品的選項２為正確答案。

其他選項　1　由於「でも」表示還有其他的可能性，因此無法清楚界定想要的究竟是什麼東西。此外，「でも」具有對前面的名詞給予較低評價的作用，可以用在原本想買其他種類的麵包，但是今天已經賣完了，在不得已之下，只好買別種來代替的情況。

3　這個是對菠蘿麵包味道的普通感想，並沒有敘述現在想要買什麼東西。

第(だい)1回(かい) 聽解(ちょうかい) 問題(もんだい)4 P79

1

解　答 1

聽解內文

F：誕生日(たんじょうび)はいつですか。

M：1. 8月(がつ)3日(みっか)です。

2. 24歳(さい)です。

3. まだです。

聽解翻譯

F：你生日是什麼時候呢？

M：1．八月三號。

2．二十四歲。

3．還沒有。

解　說 由於問的是「いつ」，因此以回答特定日期的選項1為正確答案。

其他選項

2　題目沒有問到年齡。

3　這句話雖然可以用在很多情況下，但是不適用於此處。

2

解　答 2

聽解內文

M：この花(はな)はいくらですか。

F：1. スイートピーです。

2. 3本(ぼん)で400円(えん)です。

3. 春(はる)の花(はな)です。

聽解翻譯

M：這種花多少錢呢？

F：1．碗豆花。

2．三枝四百日圓。

3．春天的花。

解　說 由於問的是「いくら」，因此以回答價格的選項2為正確答案。

其他選項

1　題目沒有問到花的名稱或種類。

3　題目沒有問到是哪一個季節的花。

3

解　答 1

聽解內文

M：きらいな食(た)べ物(もの)はありますか。

F：1. 野菜(やさい)がきらいです。

2. くだものがすきです。

3. スポーツがきらいです。

聽解翻譯　M：你有討厭的食物嗎？

F：1．我討厭蔬菜。

2．我喜歡水果。

3．我討厭運動。

解　說　由於題目問的是「ありますか」，因此基本上要回答有還是沒有，但有時候會省略「はい、あります（嗯，有的）」而直接具體敘述是什麼樣的東西，這樣已是針對問題回答了「ある」，因此可以採用選項1這樣的回答。

其他選項

2　就算回答喜歡吃的食物，對詢問「きらいな食べ物」的對方來說，仍是個沒有用的情報。

3　由於問的是「食べ物」，因此回答「スポーツ」是答非所問。

4

解　答　3

聽解內文　F：この洋服、どうでしょう。

M：1. 5,800円ぐらいでしょう。

2. 白いシャツです。

3. きれいですね。

聽解翻譯　F：這件洋裝好看嗎？

M：1．大概要五千八百日圓吧？

2．白襯衫。

3．好漂亮喔！

解　說　由於對方問的是「どうでしょう」，亦即有什麼樣的感覺或意見，雖然回答可能有很多種，但此處只有選項3符合文意。

其他選項

1　對方沒有問到價格。假如問的是「この洋服、いくらだと思いますか（你猜這件洋裝多少錢呢）」，那就可以採用這個答法。

2　對方問的不是衣服的種類或顏色。

5

解　答　1

聽解內文　F：外国旅行は好きですか。

M：1. 好きな方です。

2. はい、行きました。

3. いいえ、ありません。

聽解翻譯　F：你喜歡到國外旅行嗎？

M：1．還算喜歡。

2．是的，我去了。

3．不，沒有。

解　說　以回答喜不喜歡的選項1為正確答案。雖然「好きな方です」不如「好きです（我喜歡）」來得斬釘截鐵，但相較於一般人來說，算是比較喜歡的族群。

其他選項　2　對方問的是「喜不喜歡」，而不是「去過了沒」。
3　同樣的，對方問的不是「有沒有」。

6

解　答　3

聽解內文　F：あなたの国（くに）は、どんなところですか。

M：1. おいしいところです。

2. とてもかわいいです。

3. 海（うみ）がきれいなところです。

聽解翻譯　**F：你的國家是個什麼樣的地方呢？**

M：1．很好吃的地方。

2．非常可愛。

3．海岸風光很美的地方。

解　說　確切回答了「どんなところ」的提問的只有選項3而已。

其他選項　1　假如這個選項以具體的舉例回答，比方「魚がおいしいところです（是魚很好吃的地方）」，那麼這樣的回答還算勉強可以。但是，這個回答仍然不足以完整陳述那是個什麼樣的地方。

2　這個選項答非所問。

MEMO

第3回(だいかい) 言語知識(げんごちしき)（文字(もじ)・語彙(ごい)） 問題(もんだい)1 P80-81

1

解答　3

題目翻譯　**在圓形的桌子上面擺放了碟子。**

解說　像形容詞等有語尾活用變化的字，唸法通常是訓讀，「丸い」讀作「まるい」。

2

解答　1

題目翻譯　**請在這張紙上寫下號碼。**

解說　「番」與「号」合起來，表示「號碼」的意思，用音讀，唸作「ばんごう」。

3

解答　2

題目翻譯　**孩子們正在庭院裡嬉戲。**

解說　「庭」當一個單字，用訓讀，唸作「にわ」。音讀讀作「てい」，如「家庭／かてい（家庭）」。

4

解答　4

題目翻譯　**學習了漢字的寫法。**

解說　像動詞等有語尾活用變化的字，唸法通常是訓讀，「習う」讀作「ならう」。音讀讀作「しゅう」，如「予習／よしゅう（預習）」。

5

解答　3

題目翻譯　**今天早上很早就起床了。**

解說　「今」訓讀是「いま」，音讀通常唸作「こん」；「朝」訓讀是「あさ」，音讀是「ちょう」。但請注意，「今朝」二字組合是特殊唸法，必須讀作「けさ」。

6

解答　4

題目翻譯　**小時候的事已經忘了。**

解說　有語尾活用變化的字，唸法通常是訓讀，「小さい」讀作「ちいさい」。音讀讀作「しょう」，如「小学生／しょうがくせい（小學生）」。

7

解答　2

題目翻譯　**從這裡去電影院非常遠。**

解說　有語尾活用變化的字，唸法通常是訓讀，「遠い」讀作「とおい」。

8

解　答　1

題目翻譯　**這家百貨公司的九樓設有餐廳。**

解　說　「九（９）」除了「九つ／ここのつ（九個）」、「九日／ここのか（九號）」用訓讀，其餘的大都用音讀，唸作「きゅう」，而「階」音讀是「かい」。請特別留意，「九」另一個音讀是「く」，通常在「９時／くじ（九點）」或「９月／くがつ（九月）」，才會這樣唸。

9

解　答　2

題目翻譯　**在蔬菜上灑了一點鹽後食用。**

解　說　「塩」當一個單字，用訓讀，唸作「しお」。

10

解　答　3

題目翻譯　**後年我要回國了。**

解　說　「再」、「来」、「年」三字組合起來，用音讀，唸作「さらいねん」。「再」音讀通常讀作「さい」，但出現於「再来月／さらいげつ（下下個月）」、「再来週／さらいしゅう（下下週）」等的「再」，都得唸作「さ」，不唸作「さい」。

第3回　言語知識（文字・語彙）　問題2　P82

11

解　答　3

題目翻譯　**冷風吹著。**

解　說　「つめたい」是形容詞「冷たい」的訓讀。其他選項可能出現「泠」、「令」等相似漢字，別粗心看錯了。「冷」意思與中文相近，音讀讀作「れい」，如「れいぞうこ／冷蔵庫（冰箱）」。

12

解　答　2

題目翻譯　**那個人是知名的醫師。**

解　說　「ゆう」、「めい」分別是「有」、「名」兩字的音讀。意思與中文相同。「名」訓讀讀作「な」，如「なまえ／名前（名字）」。

13

解答 4

題目翻譯 **透過運動打造強壯的體魄。**

解說 注意長音的片假名表記「ー」的位置，以及半濁音記號是在右上角打圈，而不是點點。另外，請小心別把片假名「ツ」跟「シ」、「ン」搞混囉。

14

解答 2

題目翻譯 **我家的人喜歡喝酒。**

解說 「さけ」是漢字「酒」的訓讀。單字意思與中文相同，但背單字時要小心別把假名「さ」跟「き」，或「け」跟「は」搞混了。

15

解答 3

題目翻譯 **日本的冬天很冷。**

解說 「ふゆ」是漢字「冬」的訓讀。意思與中文相同，最好能與相關單字「はる／春（春天）」、「なつ／夏（夏天）」、「あき／秋（秋天）」一起記。

16

解答 1

題目翻譯 **用乾淨的水洗臉。**

解說 「かお」是漢字「顏」的訓讀。請特別注意，這個單字用法與中文不太一樣，寫法也跟中文的「顏」不同。

17

解答 4

題目翻譯 **在圖書館借了書。**

解說 「かりる」是動詞「借りる」的訓讀。請特別注意，「借りる」和「貸す」漢字的訓讀讀音一樣，但意思相反，千萬別搞混了。

18

解答 2

題目翻譯 **每天在學校的游泳池游泳。**

解說 「およぐ」是動詞「泳ぐ」的訓讀。「泳」意思和中文相近，音讀讀作「えい」，如「すいえい／水泳（游泳）」。答題時請注意不要把「泳」跟「永」看錯囉。

19

解答 4

題目翻譯 黃色的美麗（花朵）綻放了。

選項翻譯 1 顏色　2 葉子　3 樹　4 花朵

解說 「はながさく」是「開花」的意思。因此，由「さきました」可以對應到答案的「はな」。

20

解答 1

題目翻譯 每天早上搭乘（地下鐵）去大學。

選項翻譯 1 地下鐵　2 桌子　3 書桌　4 電梯

解說 日語中，表示「搭乘（車、船、飛機等）」會用「交通工具＋に＋のる」。由後項「だいがくにいきます」，推出前項是搭乘某樣交通工具，因此空格應該要填入「ちかてつ」。

21

解答 2

題目翻譯 （貼上）郵票，把信寄出去了。

選項翻譯 1 附上　2 貼上　3 拿取　4 排上

解說 日語中，表示「貼郵票」動詞用「はる」。從「きって」、「てがみ」二字，推出答案是「はって」。句型「動詞＋て」可以表示動作一個接著一個，按照時間順序進行。

22

解答 1

題目翻譯 學校是在八點二十分（開始）上課。

選項翻譯 1 開始　2 奔跑　3 使…開始　4 說

解說 日語中，「はじまる」跟「はじめる」雖然都表示「開始」的意思，但用法大不同。「はじまる」是自動詞，通常指非人為意圖發生的動作；而「はじめる」是他動詞，主要指人是的，影響力直接涉及其他事物的動作。題目句描述學校是在八點二十分（），儘管決定這件事的是人，但已屬於個人意志難以改變、約定俗成的規範，因此空格應該要填入自動詞的「はじまります」。

文字・語彙 1 2 3 CHECK 1 2 3

23

解答	2
題目翻譯	**我班上的（老師）才二十四歲。**
選項翻譯	1 學生　2 老師　3 朋友　4 小孩
解說	題目句描述班上的（）才二十四歲，由「クラス」、「まだ」可以對應到答案的「せんせい」。另外，選項1的「せいと」中文可以翻譯成「學生」，但主要用在國、高中生，所以如果空格填入「せいと」的話，和後面的「まだ（才）」語意不合，因此不能選。

24

解答	4
題目翻譯	**時間只剩下（十分鐘）了。**
選項翻譯	1 十本　2 十次　3 十個　4 十分鐘
解說	題目句描述時間只剩下（）了，由「じかん」可以對應到答案的「10分」。句型「しか＋否定」是「只、僅僅」的意思。

25

解答	1
題目翻譯	**鳥兒正以優美的歌聲（啼鳴）。**
選項翻譯	1 啼鳴　2 停靠　3 進入　4 休息
解說	日語中，表示「（鳥、獸、蟲等）啼、鳴叫」動詞用「なく」。從「とり」、「こえ」二字，推出答案是「ないて」。句型「動詞＋ています」可以表示動作進行中。

26

解答	3
題目翻譯	**強勁的風呼呼地（吹）著。**
選項翻譯	1 下來　2 降　3 吹　4 感染
解說	「かぜがふく」是「刮風、吹風」的意思。因此，由前項「かぜ」可以對應到答案的「ふいて」。句型「動詞＋ています」可以表示結果或狀態的持續。

27

解答	1
題目翻譯	**盒子裡裝有（五支）鉛筆。**
選項翻譯	1 五支　2 六支　3 七支　4 八支
解說	題目問的是量詞。在日語中，表示「えんぴつ」等細長物的數量時，通常用「～ほん」。插圖中，盒子裡的鉛筆有五支，因此答案是「ごほん」。

28

解答	2
題目翻譯	**因為變得非常寒冷，所以穿上了（厚）大衣。**
選項翻譯	1 安靜的　2 厚的　3 涼爽的　4 輕的
解說	「～ので」表示理由。從前項「とてもさむくなった」知道變得非常寒冷，因此推出後項是穿上了「あつい」大衣。

29

解答 4

題目翻譯 小綠小姐的阿姨是那一位。

選項翻譯
1　小綠小姐的媽媽的媽媽是那一位。　2　小綠小姐的爸爸的爸爸是那一位。
3　小綠小姐的媽媽的弟弟是那一位。　4　小綠小姐的媽媽的妹妹是那一位。

解說 這一題的「おばさん」是解題關鍵，可以對應到答案句的「おかあさんのいもうと」。請小心別把「おばさん」看成「おばあさん（奶奶；外婆）」囉。

30

解答 3

題目翻譯 請問你為什麼想去看那部電影呢？

選項翻譯
1　請問你想去看什麼樣的電影呢？　2　請問你想和誰去看那部電影呢？
3　請問你為何想去看那部電影呢？　4　請問你想在什麼時候去看那部電影呢？

解說 「どうして」與「なぜ」是同義詞，但後者較常使用在書面，口語上也可以使用，但語氣會有比使用「どうして」更加強硬的感覺。

31

解答 4

題目翻譯 因為大學不在附近，所以沒辦法走路到達。

選項翻譯
1　因為大學很近，所以走路過去。　2　因為大學很遠，所以走路過去。
3　大學雖然很遠，但是走路也能到。　4　因為大學很遠，所以沒辦法走路到達。

解說 這一題的解題關鍵字是「ちかくない」，意思等於「とおい」。

32

解答 2

題目翻譯 楊小姐向川田先生學習了日文。

選項翻譯
1　楊小姐和川田先生教了我日文。　2　川田先生教了楊小姐日文。
3　川田先生向楊小姐說了日文。　4　楊小姐向川田先生說了日文。

解說 日語中，表示「向（某人）學習（某事）」，用「～に～をならう」；表示「教導（某人某事）」，用「～に～をおしえる」。題目句的「ヤンさんはかわださんににほんごをならいました」，換句話說就是「かわださんはヤンさんににほんごをおしえました」。

33

解　答	3
題目翻譯	**請問您雙親住在哪裡呢？**
選項翻譯	1　**請問您兄弟姊妹住在哪裡呢？**　2　**請問您祖父和祖母住在哪裡呢？** 3　**請問您父親和母親住在哪裡呢？**　4　**請問您家人住在哪裡呢？**
解　說	這一題的解題關鍵字是「りょうしん」，可以對應到答案句的「おとうさんとおかあさん」。

第3回（だいかい）　言語知識（文法）（げんごちしき ぶんぽう）　問題1（もんだい）　P87-88

1

解　答	4
題目翻譯	**A「你現在是（幾歲）呢？」** **B「十七歲。」**
解　說	「いくつ」通常表示某事物數量的疑問詞，也可以用在詢問人的年齡，是「多少」的意思。由B句的「17さい」，可以對應到答案。

2

解　答	3
題目翻譯	**走路去太遠了，（所以）我們還是搭計程車去吧！**
解　說	「～ので」表示理由。由前項「とおい」與後項「タクシーで行きましょう」的關係，可以解出答案。

3

解　答	3
題目翻譯	**桌上擺著書（和）辭典等等。**
解　說	用句型「～や～など」，表示舉出幾項，但並未全部說完，中文可以翻譯成「…和…等等」。「など」用來強調這些尚未說完的部分，常跟「や」一起使用。由後面的「など」，可以對應到答案。

4

解　答	1
題目翻譯	**他要去外國這件事，誰都（不曉得）。**
解　說	用句型「疑問詞＋も＋否定」，表示全面否定，中文可以翻譯成「都（不）…」。由前面「だれも」，可以解出答案。

5

解答 1

題目翻譯 **因為自行車壞掉了，所以買了新（的）。**

解說 「かいました」是他動詞，前面的目的語必須搭配「を」。又，這邊的「の」是準體助詞，代替的是前項的「自転車」。

6

解答 4

題目翻譯 **（比起）這只花瓶，那只花瓶比較好。**

解說 用句型「～より～ほう」，表示對兩件事物進行比較後，選擇後者。由後項的「ほうがいい」，可以解出答案。

7

解答 1

題目翻譯 **先打掃完房間（之後）再出門。**

解說 以「動詞て形＋から」的形式，結合兩個句子，表示動作順序，強調先做前項再進行後項。由前項「そうじをして」與後項「出かけます」的關係，可以解出答案。

8

解答 3

題目翻譯 **弟弟今天（由於）感冒而在睡覺。**

解說 格助詞「で」可以表示原因、理由。又，如果空格填入「を」或「へ」，意思不合邏輯，而「～ので」前接名詞時，必須用「名詞＋なので」的形式，所以答案是3。

9

解答 2

題目翻譯 **我現在正要出門買東西。**

解說 表示「かいもの」是後項「行きます」這個動作的目的，用格助詞「に」。

10

解答 4

題目翻譯 **我想要住在更（安靜而且）寬敞的房間。**

解說 當連接形容動詞與形容詞時，必須將前面的形容動詞詞尾「だ」改成「で」。因此，連接「しずか」、「ひろい」後，就是「しずかでひろい」，表示屬性的並列。

11

解答 1

題目翻譯 **在慶生會上（又）吃又喝地享用了美食。**

解說 用句型「動詞たり、動詞たりします」，可以表示動作並列，意指從幾個動作之中，例舉出兩、三個有代表性的，並暗示還有其他的，中文可以翻譯成「又是…，又是…」。由後面「のんだり」，可以對應到答案。

12

解答 2

題目翻譯 **「星期天去了哪裡嗎？」**

「沒有，（哪裡都）沒去。」

解說 從A的「どこかへ」知道話題是場所，可以先排除選項4。用句型「疑問詞＋も＋否定」，表示全面否定，是「都（沒）…」的意思，由「行きませんでした」，可以排除選項1。又，「疑問詞＋か」表示不明確、不肯定，但B的回答是斷定的，所以排除選項3後，可以解出答案。其中，「どこへも」的「へ」表示行為的目的地。

13

解答 4

題目翻譯 **A「你的眼睛是紅的哦。昨天晚上是幾點睡的呢？」**

B「昨天晚上（沒有睡），一直在讀書。」

解說 以「動詞否定形＋ないで」的形式，表示附帶的狀況，亦即同一個動作主體「在不…的狀態下，做…」的意思。由A句的「赤い目をしていますね」，可以對應到答案。

14

解答 1

題目翻譯 **A「請問（什麼時候）要去旅行呢？」**

B「明年三月。」

解說 「いつ」可以用在詢問時間，是「何時」的意思。由B句的「来年の3月」，可以對應到答案。

15

解答 3

題目翻譯 **在電視（上）收看新聞。**

解說 格助詞「で」可以表示動作的方法、手段。由「テレビ」與「ニュース」的關係，可以解出答案。

16

解答 4

題目翻譯 **桌上擺有筷子。**

解說 用「他動詞＋てあります」，表示抱著某個目的、有意圖地去執行，當動作結束之後，已完成動作的結果持續到現在。由「ならべる」是他動詞，可以對應到答案。其中，「おはしがならべてあります」暗指有人抱著某目的去做了「擺筷子」的動作。

17

解答 3

正確語順 A「これは、なんと　いう　鳥ですか。」

題目翻譯 A「這叫作什麼鳥呢？」

B「這叫孔雀。」

解說 用句型「という＋名詞」，表示說明後項人事物的名稱。排列組合後得出「鳥というなん」及「なんという鳥」，但後者句意才符合邏輯，因此知道★處是３。

18

解答 4

正確語順 B「しらないので、交番で　おまわりさんに　聞いて　くださいませんか。」

題目翻譯 A「請問車站在哪裡呢？」

B「我不曉得，可以請你去派出所問警察嗎？」

解說 由句型「～てくださいませんか」，可以推出「ください」、「聞いて」正確順序是「聞いてください」，因此★處是４。這個句型跟「～てください」一樣表示請求，但說法更有禮貌。又，表示後項「聞いて」這個動作的對象，用格助詞「に」。

19

解答 2

正確語順 B「いいえ、3分ぐらい　おくれて　います。」

題目翻譯 A「請問這個時鐘顯示的時間是正確的嗎？」

B「不是的，大概慢了三分鐘。」

解說 句型「動詞＋ています」，可以表示結果或狀態的持續，所以本題表示「おくれて」這個狀態仍持續到說話的當時。又，「ぐらい／くらい」接於時間後面，表示對某段時間長度的推測、估計，是「大概」的意思。因此，推出空格正確語順是「3分ぐらいおくれています」，知道★處是２。

20

解答 3

正確語順 B「春より　秋の　ほうが　すきです。」

題目翻譯 A「春天和秋天，你比較喜歡哪個呢？」

B「比起春天，我更喜歡秋天。」

解說 用句型「～より～ほう」，表示對兩件事物進行比較後，選擇後者。而本題的兩件事物，便是指「春」及「秋」。因此，推出第一到第三格的正確語順是「より秋のほう」，知道★處是３。

文法 1 2 3 CHECK 1 2 3

21

解答 1

正確語順 店の人「これは　日本には　ない　くだものです。」

題目翻譯 （在水果店裡）

女士「請問有沒有很少見的水果呢？」

店員「這是日本沒有的水果。」

解說 格助詞「に」後接「は」，有特別提出格助詞前項名詞的作用。因此，可以推出「に」、「は」、「日本」正確順序是「日本には」。又，就上下句語意來看，「ない」會接在「日本には」後面，表示「日本沒有的」。最後，可以推出★處是「に」。

第3回　言語知識（文法）　問題3　P91

文章翻譯

在日本留學的學生以〈曾經令我害怕的事〉為題名寫了一篇文章，並且在班上同學的面前誦讀給大家聽。

六歲的時候，我向爸爸學了騎腳踏車的方法。我坐在小自行車的座椅上，爸爸抓著自行車的後方，推著自行車一起奔跑。我們就這樣練習了很多很多次。

就在我騎得稍微好一點的時候，我一面踩著自行車，一面回頭看，看到爸爸在我沒察覺的時候已經將手放開了。當我發現這一點的時候，非常地害怕。

22

解答 4

選項翻譯 1　教了　　2　做了　　3　習慣了　　4　學了

解說 可以接在「乗り方を」後面使用的是選項 1 或 4 。由整句的意思來看，就能鎖定是選項 4 了。

23

解答 1

解說 由「いっしょに」和前面「自転車」的關係來考慮，可以知道空格應該要填入「と」。

24

解答 3

解說 由於是在「なった」的前面，因此會用「形容動詞に＋なります」的句型。

25

解　答　2

解　說　由於從文章中可以判斷「自転車で走る」和「うしろを向く」是同時進行的動作，因此選擇「動詞ながら」。「向く」的難度超出 N5 等級，或許還不懂這個單詞的意思，但只要看到接在後面的「父は～いました」，應該就能夠推測出來是「往…的方向看」的意思了吧。

26

解　答　3

解　說　能夠接在「です」前面的只有選項 1 或 3 而已。由於整篇文章從頭到尾幾乎都是以「た形」來書寫的，從題目的「こわかったこと」來推想，應該就可以找到答案了吧。

第3回（だい かい）　讀解（どっかい）　問題4（もんだい）　P92-94

27

解　答　3

文章翻譯　(1)

我有一個姊姊。姊姊和我都很胖，但是姊姊長得高，我長得矮。我們在同一所大學裡就讀，姊姊主修英文，我主修日文。

題目翻譯　**請問以下何者為非？**

選項翻譯

1　**兩人都胖。**

2　**上同一所大學。**

3　**姊姊在大學裡主修日文。**

4　**姊姊長得高，但我長得矮。**

解　說　從第一回到第五回的第 27 題，只要看和題目相關的部分，就可以找出答案了，但這一題必須逐一辨識出每一個選項的對錯才行，因此必須把整篇文章從頭到尾看過一遍。由於是最後一回了，因此題目的難度提高了一點。首先，在文章裡有提到「姉もわたしもふとっています」，因此選項 1 是正確的。其次，文章裡也提到了「わたしたちは同じ大学で」，所以選項 2 也是正確的。接下來，因為文章中寫的是「姉は英語を、わたしは日本語をべんきょうしています」，因此選項 3 是錯的。最後，文章中寫著「姉は背が高くて、わたしは低いです」，所以選項 4 是對的。必須留意的是，題目問的是「まちがっているのはどれですか」，因此必須挑選項 3 才行。

28

解答 4

文章翻譯 (2)

五歲的小祐和媽媽一起去超級市場買東西了。但是在媽媽買東西的時候，小祐走丟了。小祐穿著短褲、有口袋的白色襯衫，還戴著帽子。

題目翻譯 請問哪一位是小祐呢？

解說 這一題必須使用刪除法。由於文章提到「みじかいズボンをはいて」，因此選項１和２被剔除了。又，文章裡寫著「ポケットがついた白いシャツをきて」，因此答案是選項４。為求慎重起見，由最後面提到的「ぼうしをかぶっています」，可以肯定是選項４無誤。此外，一般來說「～くん」不會用在女性身上。

29

解答 3

文章翻譯 (3)

姊姊在大學裡主修英文，妹妹真矢小姐寄了一封如下的電子郵件給她。

姊姊

我朋友花田同學正在找人教她弟弟英文。姊姊可以教他嗎？

花田同學正在等候聯絡，請在今天之內打電話給花田同學。

真矢

題目翻譯 姊姊有意願教花田同學的弟弟英文。請問她該怎麼做呢？

選項翻譯

1　寄電子郵件給花田同學。

2　打電話給妹妹真矢。

3　打電話給花田同學。

4　打電話給花田同學的弟弟。

解說 請先注意短文中出現的句型「動詞てください」，用來指示別人做某件事情，以及句型「動詞てくださいませんか」，用在委託別人做某件事情時，而在電子郵件的最後寫著「花田さんに電話をしてください」，因此答案是選項３。

第3回　讀解　問題5　P95

文章翻譯

我的朋友亞里小姐三月從東京的大學畢業，到大阪的公司工作。

亞里小姐這位朋友在我三年前剛來日本的時候，教了我很多事情，我們一直住在同一棟公寓裡。亞里小姐很快就要離開了，我非常捨不得。

由於亞里小姐說過「我對大阪不太熟悉，所以正煩惱著。」因此我到附近的書店買了大阪的地圖，送給了亞里小姐。

30

解　答　3

題目翻譯　**請問這位朋友和「我」有什麼樣關係呢？**

選項翻譯
1　**在大阪的同一家公司工作的人**
2　**在同一所大學裡一起念書的人**
3　**教了我關於日本事情的人**
4　**在東京的書店裡工作的人**

解　說　整篇文章寫的是關於「わたしの友だちのアリさん」，而題目問的是她是「どんな人」，因此不能只挑出重點段落找答案，而必須將每一個選項逐一與文章內容做對照才行。正確答案是選項3，這第二段裡「アリさんは～友だち」的部分幾乎是相同的意思。至於選項1，從第一段可以知道，亞里小姐還沒去大阪，也還沒有到公司上班。此外，從這裡也無法確定「わたし」是否曾經在大阪的公司裡工作，因此這個選項是錯的。還有，從這篇文章裡也看不出來「わたし」是否讀過大學，所以選項2也是錯的。由第一段可以知道，「友だち」現在在東京讀大學，因此選項4也是錯的。

31

解　答　2

題目翻譯　**「我」送了什麼東西給亞里小姐呢？**

選項翻譯
1　**送了書。**
2　**送了大阪的地圖。**
3　**送了日本的地圖。**
4　**送了東京的地圖。**

解　說　在最後一段裡提到，「わたしは～大阪の地図を買って、それをアリさんにプレゼントしました」。

《每朝報》舊報紙回收通知

請於三十一日早上九點之前
拿出來回收。

可換回廁用衛生紙。

（舊報紙每十至十五公斤，交換廁用衛生紙一捲。）

●請於本通知單上填寫房間號碼，再放在舊報紙的最上面。

●公寓住戶，請擺到一樓的大門處。

【房間號碼】

32

解　答	2

題目翻譯

*派報社投遞了一張*舊報紙回收通知單到中山小姐的房間。中山小姐打算在三十一日的早晨把舊報紙拿出去回收。中山小姐的房間位於公寓的二樓。
請問正確的回收方式是下列何者？

＊派報社：販賣報紙或是分送報紙到家戶的商店。

＊舊報紙回收：收集舊報紙。可以拿舊報紙換回廁用衛生紙等。

選項翻譯

1　擺到自己房門前的走廊上。

2　擺到一樓的大門口。

3　擺到一樓樓梯下面。

4　擺到自己房門裡面。

解　說

回收通知單裡提到「１階の入り口まで出してください」，因此選項２是正確答案。把通知單上的「入り口まで」，和選項２裡的「入り口に」拿來做比較，前者的重點在於物件運搬的終點，而後者單純只是表明地點，雖然語意上有些微的不同，但就結果而言，沒有太大的差異。

第3回　聴解　問題1　P98-102

1

解　答　1

聽解內文

デパートで、男の人と店の人が話しています。男の人はどのネクタイを買いますか。

M：青いシャツにしめるネクタイを探しているんですが……。

F：何色が好きですか。

M：ここにあるのは、どれもいい色ですね。

F：何の絵のがいいですか。

M：ガラスのケースの中の、鍵の絵のはおもしろいですね。青いシャツにも合うでしょうか。

F：大丈夫ですよ。

男の人はどのネクタイを買いますか。

聽解翻譯

男士正在百貨公司裡和店員交談。請問這位男士要買的是哪一條領帶呢？

M：我正在找適合搭配藍色襯衫的領帶……。

F：您喜歡什麼顏色呢？

M：陳列在這裡的每一條都是不錯的顏色耶！

F：什麼圖案的比較喜歡呢？

M：擺在玻璃櫥裡那條鑰匙圖案的蠻有意思的。不曉得適不適合搭在藍色襯衫上呢？

F：很適合喔！

請問這位男士要買的是哪一條領帶呢？

解　說

針對男士的喜好，首先，顏色方面他說「どれもいい色」。接著，因為提到「鍵の絵のはおもしろい」，所以考慮的是選項1。男士唯一擔心的是那條領帶是否「青いシャツにも合う」，後來因為店員保證「大丈夫ですよ」，所以要買的是1。

2

解答 3

聽解內文 男の人と女の人が話しています。男の人ははじめにどこへ行きますか。

M:これから銀行に行くんですが、この手紙、家の前のポストに入れましょうか。

F:いえ、それは、まだ切手を貼っていないので、あとでわたしが郵便局に行って出しますよ。

M:それじゃ、銀行に行く前にぼくが郵便局に行きますよ。

F:そう。では、そうしてください。

M:わかりました。銀行に行ってお金を預けたら、すぐ帰ります。

男の人ははじめにどこへ行きますか。

聽解翻譯 男士和女士正在交談。請問這位男士會先去哪裡呢？

M：我現在要去銀行，這封信要不要幫妳投進我們家前面的郵筒裡呢？

F：不用。那封信還沒有貼郵票，我等一下再去郵局寄就好囉！

M：那麼，我去銀行之前，先去郵局一趟吧！

F：是哦？那麼麻煩你了。

M：好的。我去銀行存款之後馬上回來。

請問這位男士會先去哪裡呢？

選項翻譯

1 銀行　　2 住家前面的郵筒

3 郵局　　4 銀行前面的郵筒

解　說 如果問題裡面出現了「はじめに」、「まず」等字眼，那麼之後詢問要去的地方、要做的事等，一定不只一件。這題就在考從對話中提到的地方中，選出第一個要去的地方。因為男士說「これから銀行に行くんです」，所以要注意聽去銀行之前有沒有其他要先去的地方。因為男士提到「銀行に行く前にぼくが郵便局に行きますよ」，女士也提出「では、そうしてください」的請求，所以最先去的地方是郵局。

3

解答 2

聽解內文 お母さんが子どもたちに話しています。まり子は何をしますか。

F1：今日はおじいさんの誕生日ですから、料理をたくさん作りますよ。はな子はテーブルにお皿を並べて、さち子は冷蔵庫からお酒を出してください。

F2：わたしは？

F1：まり子は、テーブルに花をかざってください。

まり子は何をしますか。

聽解翻譯 媽媽正對著女兒們說話。請問真理子該做什麼呢？

F1：今天是爺爺的生日，要做很多菜喔！花子幫忙在桌上擺盤子，幸子幫忙把酒從冰箱裡拿出來。

F2：我呢？

F1：真理子幫忙把花放到桌上做裝飾。

請問真理子該做什麼呢？

解　說 內容提到「まり子は、テーブルに花をかざってください」，所以正確解答是２。

4

解　答 4

聽解內文 女の人と男の人が話しています。男の人は、何で病院に行きますか。

F：顔色が青いですよ。

M：電車の中でおなかが痛くなったんです。

F：すぐ、近くの病院へ行った方がいいですね。

M：でも、病院まで歩きたくありません。

F：自転車は？

M：いえ、すみませんが、タクシーをよんでくださいませんか。

男の人は、何で病院に行きますか。

聽解翻譯 女士和男士正在交談。請問這位男士為什麼要去醫院呢？

F：您的臉色發青耶！

M：在電車裡忽然肚子痛了起來。

F：馬上去附近的醫院比較好喔！

M：可是，我不想走路去醫院。

F：騎自行車可以嗎？

M：不行。不好意思，可以麻煩妳幫我叫一輛計程車嗎？

請問這位男士為什麼要去醫院呢？

選項翻譯 1　電車　　2　步行　　3　自行車　　4　計程車

解　說 男士稍早在電車裡開始覺得身體不舒服，所以電車並不是他之後打算要選的交通工具。又，男士不想走路，女士提議騎自行車也被他用「いえ」否決掉。因為最後男士提出「タクシーをよんでくださいませんか」的請求，所以是搭計程車前往。另外，日語的「顔色」跟中文「顏色」意思不同，是表示「臉色」的意思。這個單字對 N5 來說有點難，現在不記也沒關係。

5

解　答　2

聽解內文　会社で、女の人と男の人が話しています。男の人は今から何をしますか。

F：佐藤さん、ちょっといいですか。

M：何でしょう。今、仕事で使う本を読んでいるんですが。

F：ちょっと買い物を頼みたいんです。

M：２時にお客さんが来ますよ。

F：その、お客さんに出すものですよ。

M：わかりました。何を買いましょうか。

F：何か果物をお願いします。私はお茶の用意をします。

男の人は今から何をしますか。

聽解翻譯　女士和男士正在公司裡交談。請問這位男士接下來要做什麼呢？

F：佐藤先生，可以打擾一下嗎？

M：什麼事？我現在正在看工作上要用到的書。

F：我想請你幫忙去買點東西。

M：兩點有客戶要來喔！

F：就是要招待那位客戶的東西呀！

M：我知道了。要買什麼呢？

F：麻煩你去買點水果。我來準備茶水。

請問這位男士接下來要做什麼呢？

選項翻譯　1　看書　　2　去買東西　　3　等客戶　　4　準備茶水

解　說　男士一直都在看書。不過，他答應要去買別人拜託他買的東西，所以「今から」要做的事情是去買東西。買來的物品是水果。

6

解　答　3

聽解內文　女の人と店の男の人が話しています。店の男の人はどの時計をとりますか。

F：時計を買いたいのですが。

M：壁にかける大きな時計ですか。机の上などに置く時計ですか。

F：いえ、腕にはめる腕時計です。目が悪いので、数字が大きくてはっきりしているのがいいです。

M：わかりました。ちょうどいいのがありますよ。

店の男の人はどの時計をとりますか。

聽解翻譯　女士和男店員正在交談。請問這位男店員會把哪一只鐘錶拿出來呢？

F：我想買鍾錶。

M：是掛在牆上的大時鐘嗎？還是擺在桌上的時鐘呢？

F：不是，是戴在手上的手錶。我視力不佳，想要買數字大、看得清楚的。

M：好的。剛好有符合您需求的手錶。

請問這位男店員會把哪一只鐘錶拿出來呢？

解　說　請用刪除法找出正確答案。不管是「壁にかける大きな時計」或是「机の上などに置く時計」的選項，都用「いえ」否定掉了，所以選項１、２不對。女士想要的是手錶。手錶有３、４這兩個選項，但是因為提到「数字が大きくてはっきりしているのがいい」，所以符合需求的是３。或許會不知道「腕」是什麼，不過若能聽懂其他部分，就能導出答案。

7

解　答　4

聽解內文　女の人と男の人が話しています。男の人は、何で名前を書きますか。

F：ここに名前を書いてください。

M：はい。鉛筆でいいですね。

F：いえ、鉛筆はよくないです。

M：どうしてですか。

F：鉛筆の字は消えるので、ボールペンか、万年筆で書いてください。色は、黒か青です。

M：わかりました。万年筆は持っていないので、これでいいですね。

F：はい、青のボールペンなら大丈夫です。

男の人は、何で名前を書きますか。

聽解翻譯　女士和男士正在交談。請問這位男士會用哪種筆寫名字呢？

F：請在這裡寫上大名。

M：好，可以用鉛筆寫嗎？

F：不，用鉛筆不妥當。

M：為什麼呢？

F：因為鉛筆的字跡可以被擦掉，請用原子筆或鋼筆書寫。墨水的顏色要是黑色或藍色的。

M：我知道了。我沒有鋼筆，用這個可以嗎？

F：可以的，藍色的原子筆沒有問題。

請問這位男士會用哪種筆寫名字呢？

選項翻譯　1　黑色的鉛筆　2　藍色的鋼筆　3　黑色的原子筆　4　藍色的原子筆

解　說　可以用的是「ボールペンか、万年筆」，顏色要是「黒か青」。然後，男士決定要用「これ」來寫。對話倒數第二句的「これ」指的是「青のボールペン」。

第3回　聽解　問題2　P103-106

1

解答　3

聽解內文　男の人が、外国から来た友だちに話をしています。たたみのへやに入るときは、どうしますか。

M：家に入るときは、げんかんでくつをぬいでください。

F：くつをぬいで、スリッパをはくのですね。

M：そうです。あ、ここでは、スリッパもぬいでください。

F：えっ、スリッパもぬぐのですか。どうしてですか。

M：たたみのへやでは、スリッパははかないのです。あ、くつしたはそのままでいいですよ。

たたみのへやに入るときは、どうしますか。

聽解翻譯　男士正對著從國外來的朋友說話。請問進入鋪有榻榻米的房間時該怎麼做呢？

M：進去家裡的時候，請在玄關處把鞋子脫下來。

F：要脫掉鞋子，換上拖鞋對吧？

M：對。啊，到這裡請把拖鞋也脫掉。

F：什麼？連拖鞋也要脫掉嗎？為什麼呢？

M：在鋪有榻榻米的房間裡是不能穿拖鞋的。啊，襪子不用脫沒有關係。

請問進入鋪有榻榻米的房間時該怎麼做呢？

選項翻譯　1　要穿鞋子　2　要穿拖鞋　3　要將拖鞋脫掉　4　要將襪子脫掉

解　說　男士說在玄關要先脫鞋，接著要穿拖鞋，但是進到塌塌米房間時，穿著的那雙拖鞋也要脫掉。不過襪子「そのままでいい」，也就是說，襪子穿著不用脫。

2

解答　2

聽解內文　女の留学生と、男の先生が話しています。女の留学生は、なんという言葉の読み方がわかりませんでしたか。

F：先生、この言葉の読み方がわかりません。教えてください。

M：この言葉ですか。「さいふ」ですよ。

F：それは何ですか。

M：お金を入れる入れ物のことですよ。

F：ああ、そうですか。ありがとうございました。

女の留学生は、なんという言葉の読み方がわかりませんでしたか。

聽解翻譯 女留學生和男老師正在交談。請問這位女留學生不知道什麼詞語的讀法呢？

F：老師，我不知道這個詞該怎麼念，請教我。

M：這個詞嗎？是「錢包」喔！

F：那是什麼呢？

M：就是指裝錢的東西呀！

F：喔喔，原來是那個呀！謝謝您！

請問這位女留學生不知道什麼詞語的讀法呢？

選項翻譯 1　老師　　2　錢包　　3　錢　　4　容器

解　說 男老師回答了「『さいふ』ですよ」，所以正確答案是2。另外，「入れ物」這個單字對 N5 來說有點難，現在不記也沒關係。

3

解　答 2

聽解內文 パーティーで、女の人と男の人が話しています。男の人は、初めに何をしたいですか。

F：冷たい飲み物はいかがですか。

M：今は飲み物はいりません。灰皿を貸してくださいませんか。

F：たばこは外で吸ってください。こちらです。

M：ああ、ありがとう。きれいな庭ですね。たばこを吸ってから、中でおすしをいただきます。

男の人は、初めに何をしたいですか。

聽解翻譯 女士和男士正在派對上交談。請問這位男士想先做什麼呢？

F：您要不要喝點什麼冷飲呢？

M：我現在不需要飲料。可以借我一個菸灰缸嗎？

F：請到戶外抽菸，往這裡走。

M：喔喔，謝謝。這院子好漂亮呀！我先抽完菸，再進去裡面享用壽司。

請問這位男士想先做什麼呢？

選項翻譯 1　想喝飲料　　2　想抽菸　　3　想看院子　　4　想吃壽司

解　說 因為提到「たばこを吸ってから、中でおすしをいただきます」，所以最先想做的事情是抽菸。

4

解　答　4

聽解內文　会社で、男の人と女の人が話しています。会社に来たのは、どの人ですか。

M：増田さんがいないとき、井上さんという人が来ましたよ。

F：男の人でしたか。

M：いいえ、女の人でした。仕事で来たのではなくて、増田さんのお友だちだと言っていましたよ。

F：井上という女の友だちは、二人います。どちらでしょう。眼鏡をかけていましたか。

M：いいえ、眼鏡はかけていませんでした。背が高い人でしたよ。

会社に来たのは、どの人ですか。

聽解翻譯　**男士和女士正在公司裡交談。請問來過公司的是什麼樣的人呢？**

M：增田小姐不在的時候，有位姓井上的人來過喔！

F：是先生嗎？

M：不是，是一位小姐。她不是來洽公的，說自己是增田小姐的朋友喔！

F：姓井上的女性朋友，我有兩個，不知道是哪一個呢？有沒有戴眼鏡？

M：不，沒有戴眼鏡。身高很高喔！

請問來過公司的是什麼樣的人呢？

解　說　請用刪除法找出正確答案。因為是女生，所以選項1和3可以刪除。其次的條件是沒有戴眼鏡，身高高的人，所以答案是4。

5

解　答　3

聽解內文　男の人と女の人が話しています。女の人の赤ちゃんは、いつうまれましたか。

M：あなたは3年前に東京に来ましたね。いつ結婚しましたか。

F：今から2年前です。去年の秋に子どもが生まれました。

M：男の子ですか。

F：いいえ、女の子です。

M：3人家族ですね。

F：ええ。でも、今年の春から犬も私たちの家族になりました。

女の人の赤ちゃんは、いつうまれましたか。

聽解翻譯　**男士和女士正在交談。請問這位女士的寶寶是什麼時候出生的呢？**

M：妳是三年前來到東京的吧？什麼時候結婚的呢？

F：兩年前。去年秋天生小孩了。

M：是男孩嗎？

F：不是，是女孩。

M：現在變成一家三口囉！

F：是呀。不過，從今年春天家庭成員又多了一隻小狗。

請問這位女士的寶寶是什麼時候出生的呢？

選項翻譯 1　三年前　　2　兩年前　　3　去年秋天　　4　今年春天

解　說 明確提到了「去年の秋に子どもが生まれました」這個解答。

6

解　答 3

聽解內文 男の人と女の人が話しています。二人はどうして有名なレストランで晩ご飯を食べませんか。

M：あのきれいな店で晩ご飯を食べましょう。

F：あの店は有名なレストランです。お金がたくさんかかりますよ。

M：大丈夫ですよ。お金はたくさん持っています。

F：でも、違うお店に行きましょう。

M：どうしてですか。

F：ネクタイをしめていない人は、あの店に入ることができないのです。

M：そうですか。では、駅の近くの食堂に行きましょう。

二人はどうして有名なレストランで晩ご飯を食べませんか。

聽解翻譯 男士和女士正在交談。他們兩人為什麼不在知名的餐廳吃晚餐呢？

M：我們去那家很漂亮的餐廳吃晚餐吧！

F：那家店是很有名的餐廳，一定要花很多錢吧？

M：別擔心啦，我帶了很多錢來。

F：可是我們還是去別家餐廳吧！

M：為什麼？

F：因為沒繫領帶的客人不能進去那家餐廳吃飯。

M：這樣喔。那麼，我們到車站附近的餐館吧！

他們兩人為什麼不在知名的餐廳吃晚餐呢？

選項翻譯

1　因為不好吃

2　因為很貴

3　因為男士沒有繫領帶

4　因為車站附近的餐館比較好吃

解　說 在女士說了「違うお店に行きましょう」後，男士詢問了理由，女士則回答「ネクタイをしめていない人は、あの店に入ることができないのです」，男士接著說「では、駅の近くの食堂に行きましょう」。由男士的回應可以知道他理解女士的考量，也可推出男士現在沒有繫領帶。

第3回 聴解 問題3 P107-110

1

解　答　1

聽解內文

人の話がよくわかりませんでした。何と言いますか。

F：1. もう一度話してください。

2. もしもし。

3. よくわかりました。

聽解翻譯

聽不太清楚對方的話。這時該說什麼呢？

F：1. 請再說一次。

2. 喂？

3. 我完全明白了。

解　說　以請對方把剛才的話再說一次的選項 1 最為適切。

其他選項

2　「もしもし」最普遍的用法是在打電話接通後最先說的發語詞，但其根本的作用是在引起對方的注意，因此在面對面說話時也會使用到。例如，在路上對不認識的人說「もしもし、ハンカチ落としましたよ（這位先生／小姐，你的手帕掉了喔）」。但是，像本題這樣，對於已經注意到自己正在說話的人，就算再說一次「もしもし」，也無法讓對方了解到我方「聽不太懂你的意思，但是我想知道你在說什麼，所以請你重新講一遍」的用意。

3　這個回答與聽不清楚的前提相互矛盾。

2

解　答　2

聽解內文

おいしい料理を食べました。何と言いますか。

M：1. よくできましたね。

2. とてもおいしかったです。

3. ごちそうしました。

聽解翻譯

吃了很美味的飯菜。這時該說什麼呢？

M：1. 做得真好啊！

2. 非常好吃！

3. 吃飽了。

解　說　因為已經用餐完畢了，原本以為順理成章回答的是「ごちそうさまでした（我吃飽了）」，但是本題找不到這個選項。於是這時應該注意到題目的設定是，剛才享用的是「おいしい料理」，因此以陳述對料理味道感想的選項 2 最為適切。

其他選項

1　這句話適用的情況是比方只有十五分鐘可以用來做飯，或是冰箱裡沒有太多食材，結果卻做出了美味的料理，這時候就可以用「よくできましたね」予以讚美。

3　請留意這個選項並不是「ごちそうさまでした」，請千萬別沒看清楚就誤選了。況且也幾乎很難想像會在什麼樣的情況下使用這句話。

3

解　答　3

聽解內文　バスに乗ります。バスの会社の人に何と聞きますか。

M：1. このバスですか。

2. 山下駅はどこですか。

3. このバスは、山下駅に行きますか。

聽解翻譯　**準備要搭巴士。這時該向巴士公司的員工問什麼呢？**

M：1．是這輛巴士嗎？

2．請問山下站在哪裡呢？

3．請問這輛巴士會經過山下站嗎？

解　說　在搭巴士前想先問清楚的事有好幾種，但此處只有選項3明確描述了想問的事，因此是正確答案。

其他選項

1　單是這句話，對方不知道你想問什麼，前面應該再補一句話，那就說得通了。例如，「山下駅行きは、このバスですか（請問開往山下車站的是這輛巴士嗎）」。

2　山下車站在哪裡，和搭巴士這件事本身沒有直接的關係。

4

解　答　2

聽解內文　客に肉の焼き方を聞きます。何と言いますか。

M：1. よく焼いたほうがおいしいですか。

2. 焼き方はどれくらいがいいですか。

3. 何の肉が好きですか。

聽解翻譯　**顧客詢問烤肉的方式。這時該說什麼呢？**

M：1．烤熟一點比較好吃喔！

2．請問要烤到幾分熟比較好呢？

3．請問您喜歡哪種肉呢？

解　說　以詢問肉的「焼き方」的選項2最為適切。

其他選項

1　服務生不應該會詢問顧客這句話，換成是顧客問的，那就有可能。

3　假如是對還沒有決定餐點的顧客提供建議，那麼這句話算是合理，但是這麼一來，並沒問到「肉の焼き方」。

5

解　答　1

聽解內文　部屋にいる人たちがうるさいです。何と言いますか。

M：1. 少し、静かにしてください。

2. 少し、うるさくしてくださいませんか。

3. 少してつだってください。

聽解翻譯 現在在房間裡的人們非常吵。這時該說什麼呢？

M：1．請稍微安靜一點。

2．能不能請你們稍微吵一點呢？

3．請幫我一下。

解　說 訓斥房間裡的其他人太吵了的，只有選項1而已。

其他選項

2　「うるさい」不單指音量大，還具有嫌惡的語意。因此，不論現在吵或不吵，請對方再吵一點這句話本身不合常理。

3　「うるさい」和「手伝う」二者沒有關係。

第3回（だいかい） 聽解（ちょうかい） 問題（もんだい）4 P111

1

解　答 2

聽解內文

F：あなたは今（いま）いくつですか。

M：1. 5人家族（にんかぞく）です。

2. 22歳（さい）です。

3. 日本（にほん）に来（き）て8年（ねん）です。

聽解翻譯

F：你現在幾歲呢？

M：1．全家共有五個人。

2．二十二歲。

3．來日本八年了。

解　說 「今いくつ」問的是年齡，而回答年齡的只有選項2而已。

其他選項

1　這是針對「何人家族ですか（請問您家裡有幾個人呢）」或者是「ご家族は何人ですか（請問府上有多少人呢）」等等問題的回答。

3　這是針對「日本に何年住んでいるんですか（請問您在日本住多少年了呢）」或者是「日本での生活は何年ですか（請問您在日本生活多少年了呢）」等等問題的回答。

2

解　答 2

聽解內文

M：どこで写真（しゃしん）をとったのですか。

F：1. このレストランでとりたいです。

2. あのレストランです。

3. いいえ、とりません。

聽解翻譯 M：請問這是在哪裡拍的照片呢？

F：1．我想在這家餐廳拍照。

2．在那家餐廳。

3．不，我沒拍。

解　說 由於這裡問的是「どこで」，因此以回答地點的選項２最為適切。

其他選項 1　由詢問中提到的「とった」，可以知道照片已經拍了，而「とりたい」指的是對還沒有拍的照片表明希望拍攝的意思。

3　對於特殊疑問句，不能以「はい／いいえ」回答。

3

解　答 2

聽解內文 M：どの人(ひと)が鈴木(すずき)さんですか。

F：1. 私(わたし)の友(とも)だちです。

2. あの、青(あお)いシャツを着(き)ている人(ひと)です。

3. 1年前(ねんまえ)に日本(にほん)に来(き)ました。

聽解翻譯 M：請問哪一位是鈴木先生呢？

F：1．是我的朋友。

2．那位穿著藍襯衫的人。

3．在一年前來到了日本。

解　說 由於問的是「どの人」，因此以能夠讓對方了解的選項２的說明最為適切。

其他選項 1　這個回答應該是接在比方「昨日、うちに鈴木さんが来ました（昨天，鈴木小姐來我家了）」「それは誰ですか（那個人是誰）」這樣的對話之後才合理。

3　這句話答非所問。

4

解　答 1

聽解內文 M：いちばん好(す)きな色(いろ)は何(なん)ですか。

F：1. 黄色(きいろ)です。

2. 青(あお)いのです。

3. 赤(あか)い花(はな)です。

聽解翻譯 M：你最喜歡什麼顏色呢？

F：1．黃色。

2．是綠色的。

3．紅色的花。

解　說 由於對方問的是「色」，因此以回答「色」的選項１最為適切。

其他選項 2　由於「青いの」裡的「の」是某個名詞的代稱，因此應該用於比方「あなたの傘はどれですか（你的傘是哪一把呢）」這類詢問的回答。

3　「花」和詢問的主題無關。

5

解　答　1

聽解內文

F：もう晩ご飯を食べましたか。

M：1. いいえ、まだです。

2. はい、まだです。

3. いいえ、食べました。

聽解翻譯

F：晚飯已經吃過了嗎？

M：1．不，還沒。

2．是的，還沒。

3．不，已經吃完了。

解　說

由於女士說的是「もう＋肯定」的疑問句，因此她想問的是「晩ご飯を食べる（吃晚飯）」這件事是否已經完成了。如果已經完成該行為了，應該回答「はい、（もう）食べました（是的，我〈已經〉吃過了）」；假如尚未完成，則回答「いいえ、まだ食べていません（不，我還沒吃）」，或是以與後者語意相同的「いいえ、まだです（不，還沒）」回答。

其他選項

2　這句話是當被問到「晩ご飯はまだ食べていませんか（你還沒有吃晚餐嗎）」的時候，表示「はい、まだ食べていません（是的，我還沒吃）」的意思。

3　這句話同樣是當被問到「晩ご飯はまだ食べていませんか」的時候，表示「いいえ、もう食べました（不，我已經吃過了）」的意思。

關於選項２與３，在回答否定疑問句時，日文和英文的回答邏輯不同。由於日文首先以「はい」或「いいえ」回答對方所說的話是否正確，因此對於否定疑問句的回答，會以「はい＋否定文」或「いいえ＋肯定文」的形式出現。

6

解　答　2

聽解內文

M：ご主人は何で会社に行きますか。

F：1. 1時間です。

2. 電車です。

3. 毎日です。

聽解翻譯

F：請問您先生是搭什麼交通工具去公司的呢？

M：1．一個小時。

2．搭電車。

3．每天。

解　說

因為「なにで」問的是方式，因此以選項２為最適切的答案。

其他選項

1　對方問的不是時間。

3　對方問的不是頻率。

MEMO

【致勝虎卷 04】

新制日檢！絕對合格 N5單字、文法、閱讀、聽力 全真模考三回＋詳解 [16K+MP3]

2018年08月 初版

發行人 ● 林德勝

作者 ● 吉松由美、田中陽子、西村惠子、山田社日檢題庫小組

出版發行 ● 山田社文化事業有限公司

106台北市大安區安和路一段112巷17號7樓

Tel：02-2755-7622

Fax：02-2700-1887

郵政劃撥 ● 19867160號 大原文化事業有限公司

總經銷 ● 聯合發行股份有限公司

新北市新店區寶橋路235巷6弄6號2樓

Tel：02-2917-8022

Fax：02-2915-6275

印刷 ● 上鎰數位科技印刷有限公司

法律顧問 ● 林長振法律事務所 林長振律師

ISBN ● 978-986-246-508-0

書+MP3 ● 定價 新台幣340元